青海波文香

作者：陳韻紅

《青海波文香》目錄

四、浮浪時空

自序

陳韻紅

我最早接觸到的日本文化，來自年少時從電視上觀看的各種日本動畫。經濟不景氣的九十年代日本，正是其普及文化百花齊放的黃金時期。即使在動漫產業發達的日本，這種藝術形式在當時依然處於非常邊緣的狀態，熱衷於這門藝術會被主流社會刻上不成熟和怪異的標記，然而仍有一眾從業員在資源緊絀的情況下，為不被世人所理解的藝術理想鞠躬盡瘁，在有限之中發揮無限的虛構可能。曾執導《攻殼機動隊》的知名日本動畫導演押井守曾說過：「因為人一生的經驗有限，無法遍歷所有與人有關的知識與文化，所以才需要『虛構』的世界。」而這股虛構的力量以及其所根植的龐大文學體系深深打動了年幼的我，從直接取材文學名著的作品，到包含文學元素，體現文學反叛、超越精神的無數作品，無不為我的創作和人生帶來持續的啟發，亦驅使我學習日文，到日本留學及進修深造日本研究。在京都留學及在日本旅行的經歷補足了對物理面向日本認識的缺失，同時亦與虛構作品與學院訓練帶來的日本印象互相對照。

真澄・華盛頓等人所編的《日本未來時：日本科幻與科幻日本》合集，分別收錄了日本作家的科幻作品英譯，以及非日本作家以英語書寫、包含日本元素的作品。後者雖有讓日本人感到不自然之處，但卻因體現了世界創作者對於滋養他們創造力的日本文化的再創造，與跨文化交融的狀態而別具意義。身為九十年代在香港成長而游離於邊緣狀態的女子，亦希望可以一己書寫為日本文化這一脈世界創造力的源流落下自己的註腳。

本書書名《青海波文香》中的「青海波」是一種日本傳統的花紋圖案，形態是連綿不斷如魚鱗般疊合的扇狀波浪，模擬煙波浩渺的海上景觀，寓意為如海浪般永恆的安穩平靜，以及如末廣的扇面般愈來愈繁榮。而「文香」則是日本平安時代興起的，夾附在書信中的香包，在傳訊的同時贈予芬芳。我希望讀者在閱讀這本小書時能如同在波浪中從容漫步，並在潮起潮落的縫隙間循着那携有隱密訊息的幽微香氣遠去，在無間前行的過程中找到屬於自己的意義。

本書收錄二零一六年至二零二四年八年間寫成的日本題材散文及小說共三十五篇，分成「游離動物」、「幽渺物事」、「粼光絮語」及「浮浪時空」四章。除了曾於專欄、文藝雜誌、網上平台刊載，與未公開發表的作品外，還包括三篇得獎作品。內容涵蓋留學點滴、旅行見聞、閱讀與觀影記事、香港生活中的日本經驗、想像中的虛構日本等。四章題名均與水元素相關，與書名中的「青海波」遙相呼應。第一章「游離動物」的九篇作品均描述了動物在不同語境下呈現的游離狀態：有時是介乎神使與妖魅之間的神秘存有，有時是歷史創傷的殘影，有時是虛構世界的想像之物。第二章「幽渺物事」的六篇作品則嘗試從各種日常與非日常的片段中打撈出埋藏在尋常物事底下的隱秘故事。第三章「粼光絮語」的六篇作品是閱讀、觀影與生活經驗所引發的隨想，如同水波對陽光之折射，是經驗者對經驗物的演繹。第四章「浮浪時空」的十四篇作品寫異質時空互相交集而形成的一種漂泊浪蕩的狀態，既有遊歷異鄉的真實見聞，亦有想像中的虛構日本，揉合成疑幻似真的地域印象，當中包括第二屆香港文學季「海」徵文比賽冠軍作品〈行走在阿蘇海與宮津灣之間〉、第四十三屆青年文學獎小小說公開組季軍作品〈風鈴燈之夕〉及第四十四屆青年文學獎小說高級組亞軍作品〈穿青海波紋的女人〉。

感謝我自己，感謝花費寶貴時間閱讀並推薦本書的謝曉虹老師、野村和之老師、張政遠老師及潘銘基老師（排名不分先後）。另外，感謝協調書籍製作及出版事務的Good Year出版社負責人Gloria及其團隊，特別是編輯子程。沒有上述每一位的努力，本書無法在此時此刻此地面世。我在香港成長，在香港寫作，亦希望我的第一本書在香港出版，以香港孕育的想像力改變世界。

二零二四年十月香港

推薦語　作家 謝曉虹

在我電腦宇宙的深處，仍保存着一個「陳韻紅」的檔案，裏面是四篇我們多年前，在中大相遇時，她交給我的作品。我對這個敘述不按套路、行文風格特異的女子印象深刻——她就是那個能夠在最尋常不過的下午，輕巧虛擬出一個黑洞，把我們帶離現場的作者，以致我一直以為，她出版的第一本書必定是小說。然而，即使《青海波文香》收錄的，大部分是關於棲居日本，貌似旅遊筆記的文字，但其中的虛實往還，正如紋飾與臉皮的底層，翻出來，竟往往是異域似的深淵。作者提醒我們：「即使是親密如身體部分也可能以一種奇詭的方式背叛我們」；但同時，可間或以一張空白的臉去回拒世界的侵擾也未嘗不是一種幸福」。如果這是一部遊記的話，旅者並沒有在風景中輕鬆遊蕩；旅行是在兩股逆向生命之流——探尋與拒絕——之間的踟躕。

推薦序

野村和之

（生於日本東京。東京大學日文系畢業，香港中文大學教育博士。現任國立千葉大學助理教授，從事跨文化教育與對外日語教學研究。長居香港，曾任香港中文大學客席助理教授。獲得二零一八年度《日本語教育》論文獎。）

我的廣東話口音十分明顯，但卻不同於留港同鄉的口音，之前在市場買菜時，攤子的阿姨忽然問道：「你是我的同鄉吧？」那位阿姨是浙江寧波人，但我從未踏入浙江一帶。同行好友笑了個不停。其實，我生平與大多數的日本人不同，從小有機會接觸很多不同的語言文化。真幸運，也有點倒楣。雖然日本是故鄉，日語是母語，但對我而言，日本和日語一向帶着一種陌生感。從香港回鄉幾年，還是抹不開面子，陌生感卻變得更加強烈，讓我不得不感慨自己是「土生土長的外人」。彷彿是，我一直浮浪於不同語言文化之間的空隙，只是不知這趟浮浪究竟何時結束。

幾近三十年前，我在東京考完高考後進入理科，但最後轉讀日文。我選課時不懂事，天真地相信在日文系深造就能提升語言能力，誰知後來總被老師們批評自己的日文修養不足。幸好，我考上對外日語教師測考，原因是考題恰好與某位教授的語法課內容如出一轍。我後來向這位老師稟報測考結果時，他竟罵了我一頓：「誰會考不上呢！」我懷疑當年的考題根本就是出自他的手筆。另一位教日本漢典的教授提及「和臭」，意即日式漢文的彆扭。臭耶。這一字眼，日語中亦並無美好的意思，譬如雪櫃裏的消臭劑。陳韻紅邀請我寫序文時，我感到光榮之至，只願諸位讀者別介意我中文裏的和臭。萬一您聞到和臭，敬請見諒。那和臭代表着我與中文的距離。

我在香港中文大學教書時，陳韻紅參加了碩士班的日本語言文化課。我記得她在教室裏不多言，不露鋒芒，可是眼光很銳利。那時候，我剛獲得博士學位，研究主題為港人為甚麼學習日語。移居家鄉後，我仍然繼續考察像陳韻紅般通曉日語的港人怎樣看待日語和日本。當時，校方要求外籍教師使用英文授課，我自然也不例外，陳韻紅交來的功課是用英文寫的，其遣詞用字小心謹慎，我當時以為她只是個很認真的學員，後來才發現她其實是個專業作家。

陳韻紅的中文裏當然毫無和臭，但她書寫的題材涵蓋日本文化的不同領域，故此有些時候難免需要直接使用日語詞彙，卻能將之自然地融入到其文章之中，我喜歡她的風格。像也斯、小思等深入了解日本的香港作家不少，但即使珠玉在前，陳韻紅的日本書寫亦未見遜色。我相信她的日本書寫之所以別樹一幟，並非因為其中所融入的日本元素之多寡，而是「日本」如何在她獨特的觀察角度下發酵、變形。在某些範疇，陳韻紅的日本知識比我更豐富，但她堅持不懈地保持距離、很冷靜地描寫日本，形成了自己的獨特風格。我讀完《青海波文香》後，我是這樣理解的。與此同時，我發現了自己與香港的距離。就算曾經在香港長住，我還不是香港人。不過，我非常感謝香港，也感謝包容我的其他城市。如果沒有國外的生活經驗，我的人生不會這麼豐富，也不會如此深刻地體會到當不成「內人」的寂寞感。

說到距離，請不要誤會我在感嘆來自不同文化的人終究是「雞同鴨講」，沒有相互溝通的可能。我並無此意，也沒那麼悲觀。人與人之間的情誼是超越國界的，縱使各自有着各自的觀察視角。陳韻紅所望的日本，與我所望的香港一樣，無可避免地帶有冷靜的陌生感。或許，這種陌生感也會帶來安慰和啟發。熱衷來日本遊玩的港人並不罕見，許多舊生踏遍日本四十七個都道府縣，我居於香港時對這種行為十分費解，直至回鄉後，才明白他們的心情。「內人」要面對現實，有時心力交瘁。作為「外人」探訪舊地，心情總會鬆快一些。我的舊居位於沙田某所，當時的疲憊已經走入歷史，記憶逐漸消失。無論是公事還是私事，我每次抵達香港就感受到一種毫無制約的開放感。疫情結束之後，初次踏足香港時，那種由心而發的雀躍，至今我還記得清清楚楚。

我認為，為了提升創造力量，陳韻紅也將自己擺在「內人」和「外人」之間的空隙。作家能寫出距離和空隙，筆致輕描淡寫，但卻往往會有那麼一個神秘的瞬間：因遠去而逐漸淡薄成鬼魅一般的身影驀然回首，澄澈的眼睛映出事物的底蘊，讓讀者無法自拔。我覺得這就是《青海波文香》的獨特之處。

二零二四年十月七日　於日本千葉市

推薦序

張政遠（東京大學大學院綜合文化研究科教授）

日本哲學家和辻哲郎（一八八九年至一九六零年）的代表作《古寺巡禮》於一九一九年面世，內容是他走訪奈良的「印象記」。他在戰後憶述，該書絕版多年，出版社曾計劃在一九三八年左右重印，但由於時局出現了變化，最終他被告知該書不宜再印。一冊關於奈良的小書，何以在戰時會被視為「不合時宜」？

京都古時稱為平安京，西側（右京）仿照長安城設計，東側（左京）則仿照洛陽城設計。京都的發展主要在左京，故今天人們還會使用「洛陽」來稱呼京都，去京都會說「上洛」。今天的左京區有不少重要的寺廟神社。日本哲學家西田幾多郎（一八七零年至一九四五年）在銀閣寺附近散步的小徑，今天被稱為「哲學之道」。

和辻在《古寺巡禮》的第二章和第三章提及了南禪寺與若王子一帶的幽靜美：「早晨，我穿過南禪寺，往位於若王子的F家走去。天空晴朗漂亮，F氏的房子隱現在楓樹鮮明閃耀的嫩葉之中，彷彿浸泡在綠色裏面……離電車道不到十町的地方，竟然隱藏着如此幽靜的場所。這就是京都的傳統優點，在文藝裏面也可以覓出其顯著的影響。」

和辻在第四章終於帶領讀者從京都前往奈良：

「從京都到奈良的列車，甚是髒亂，而且搖搖晃晃，令人心情不快。不過，相對於此，沿途的景色卻可以補償有餘了。從桃山到宇治那一帶，竹林、茶園、柿子樹、很多的柔和斜坡，都帶着安詳和平之色……抵達奈良時，已是黃昏。在房間裏放鬆坐下，隔窗眺望錢茅原對面的若草山一帶的新綠時，整個人漸漸陷入了一種迥異於京都的心境。是的，奈良更加顯赫，更加張揚。怪不得從悄然隱藏在若王子深處的那個房子呆了兩夜過來的T君，說總覺得奈良的景色無法讓人寧靜。」

此外，他為「巡禮」下了如此定義：「我們試圖巡禮的是『美術』，而非救濟眾生的佛陀。即使我們在某尊佛像面前，衷心俯首，被慈悲之光感動得淚水漣漣，恐怕也是因為被發揮了佛教的精神的美術之力量所擊敗，而不是因為在宗教上皈依了佛教吧。」

和辻否認自己皈依佛教，這可能只是為了轉移視線。和辻本來的意圖，就是旨在說明沒有宗教意味的佛教藝術並不存在。今天我們到訪奈良，大概會感受到當地對文化承傳的重視，特別是各寺院的保育和保護。但是奈良曾經卻有很多文化遺產被破壞，佛像被遺棄街頭，博物館欠缺經費。他在第五章以「廢都」一詞來形容奈良：「我們從中午開始前往新藥師寺，漸漸臨近郊外的寂寥之處時，只看見在石頭散落、凹凸不平的道路兩旁，不斷延續着破敗的瓦頂泥牆。簇擁在牆頭之上的茂密新葉，更加補襯托出廢都獨特的滄桑。我因為是有看慣了這類泥牆，更是多了一層從追憶裏生出的淡淡哀愁。」作為一位年輕學者，和辻沒有選擇直接指控國家對佛教的打壓，而是選擇以「巡禮」來婉轉地批判國策。正是這個原因，和辻後來才會被勸告不要把《古寺巡禮》重版。

今天，我們通過「巡禮」實地視察，便不難發現南禪寺在明治維新後受到了打壓，寺內一些土地更被改作「琵琶湖疏水」的用途；我們去奈良巡禮，亦可以發現有很多佛教寺廟在戰時曾因國家神道而受到了相當嚴重的破壞。巡禮並不是「走馬看花」，而是重拾那些被遺忘了的記憶。

韻紅曾就讀香港中文大學日本研究文學碩士課程，曾修讀我的「日本文學」課。我猜想，韻紅對「巡禮」也有一些自己看法。例如：

「《不思議遊戲》講述兩位少女被一本名為「四神天地書」的奇書吸進了一個由四神支配、中國古代風的世界，因緣際會成為了兩個敵對陣營的巫女，為了召喚出各自的神獸實現願望救國而鬥爭。年少時看覺得劇情高潮迭起，緊張刺激，片尾曲「心跳的導火線」的引子部分更是至今為止聽過最性感的音樂前奏，每次聽見都會心跳加速，熱切期待下集內容。及至成年後在京都遊遍代表青龍（八坂神社）、白虎（松尾大社）、朱雀（城南宮）和玄武（上賀茂神社）四神獸的神社，也算是一場兒時回憶的紀念小巡禮。」

《青海波文香》可以是一種「巡禮」——重拾有關兒時記憶和有關京都、神戶、廣島等地的巡禮。

二零二四年十月駒場

推薦序　另類日本風情畫　潘銘基（香港中文大學中國語言及文學系教授）

本書有許多作品跟日本相關，但它不是一部日本旅遊書；要寫一部日本風情畫，卻必須要到過日本。喜歡到日本旅遊的人未必會閱讀這部書，毫不意外地，讀了本書必然會加深對日本的認識。更具體的說，本書其實是一種書面的旅遊。一般的旅遊，要行萬里路；本書的旅遊，萬里路可能也要走，但更多的是書海的遨遊。例如在〈穿青海波紋的女人〉一文裏，出現了妹尾河童《少年H》；在〈風中公雞〉裏，則有江戶川亂步《人間椅子》；在〈失語動物群〉，則有柳田國男《蝸牛考》。凡此種種，全書裏比比皆是，可見本書作者對日本各方面書籍的重視與認識。為甚麼說本書在某程度上也有旅遊的成份呢？觀乎在〈失語動物群〉所引《蝸牛考》一書，接着指出「他觀察到日本方言的詞彙有以京都為中心，向周邊地域如漣漪般傳播的發展傾向，最新的詞彙最先發於京都，距離中心最遠的東北北部、九州西部等地則保留了最古老的稱呼」。我沒有讀過《蝸牛考》一書，但看過本書作者的轉述後，便對此等語言現象十分感興趣。如果有機會到日本旅遊的話，這種語言考察之旅相信也是十分不錯的體驗。

還有另一個鮮明的特色，乃是本書多篇均有論及動物。例如首篇〈水無月懷蜘蛛〉提及蜘蛛「是掌管生命的神明的使者，而夜晚則是牠們執行職務奪人性命之時」；在〈大久野島與有毒的兔子〉則言及大久野島上居住着的近千隻兔子。又如在〈飛鼠的形狀〉裏，則從飛鼠褲而及於飛鼠，再引伸到飛鼠以至鼠類的特徵。至於在〈名園之龜〉裏，從自身養龜的經驗出發，討論世界各地養龜的狀況，以及由此而及於日本福島在核事故後各種野生動物的現況，引人反思。人是動物的一種，又號為萬物之靈。其實，人與其他動物如何共融，乃是人類社會可以持續發展的關鍵。聯合國在二零一六年起推出了一系列的永續發展目標，包含了十七項目標 (Goals)，以及一百六十九項細項目標 (Targets)。十七項永續發展目標涵蓋環境、經濟與社會等面向，展現了永續發展目標之規模與企圖。此中，第十四項關注的是水下生物，第十五項的重點則在陸地生物，本書之書寫可謂與此等目標不謀而合。

全書文字清通多采，主題鮮明，沒有時下年青作家「以艱深文淺意」的弊病，乃是一部讀之而可喜的作品集，只要是對日本文化感興趣的朋友，必然多有得着。

本人在大學任教，因而認識韻紅多年，同時也見證着一位年青作家的成長。我不專研現當代文學，但本書的內容讀之還是使人津津樂道的。在此謹祝韻紅此書一紙風行，受到學界所重視。

二零二四年十一月七日序於北京

一

游離動物

「冰就是凝固的水，這樣一塊糕，好像水面漂着雜草浮萍的池塘。使我想起有名的深泥池，那裏住着世上唯一的水生蜘蛛，我偏執地把消失的蜘蛛歸入這種，相信牠只是順着水流回到了故鄉。」

〈水無月懷蜘蛛〉

水無月懷蜘蛛

一年走到一半，便進入「水無月」。「水無月」本為日本舊曆六月的別稱，明治維新後改用新曆，有關別名也改由新曆月份承繼。若不深究語源，單以漢字直解，把「水無月」看作無水的月份，則難以對應古都梅雨連連的六月印象。其實「水無月」中的「無」是連體助詞，「水無月」乃「水之月」的意思。「水無月」的最後一天，各大神社都會舉行「夏越祓」儀式，淨化上半年累積的污穢和災厄，此後便正式進入夏季。因此，多雨的「水無月」也是炎夏來臨前的最後一波清涼。

古都的冷天是極漫長的，九月入秋漸涼，到來年三月仍可能有零星的降雪。十二月下旬初見雪的喜悅，不及翌日發現陽台欄杆上掛了一秋的那張蜘蛛網的消失帶來的失落觸動我。一場雪就是一場葬禮，以白的吞噬造一個死寂的國度。及後的春天是爆發性的生猛，粗如食指的肥大線蟲一條條吊在樹上，肌肉飽滿閃爍着油光，太重者壓斷絲線掉落地上也是常有之事。姆指大的金龜子鍥而不捨地撞擊臉頰，讓我如經歷拳賽的洗禮。寶池公園的矮樹叢戴上了棉花糖似的白帽子，遠看如積雪，近看方知是某隻陌生的蜘蛛巧手建造的複雜堡壘。然而，當我滿懷希望地張望，陽台上仍是空空盪盪，我魂牽夢縈的那張捕夢網，卻是不見蹤影，似乎並非所有消失之物都會重現。

也許是五月冒竄的生靈過於潑辣，所以才有了「水無月」的抑制。六月一日舉行的貴船祭拉開了一整月風雨的序幕，位處洛北的貴船神社祭祀的是水神，由本宮通往奧宮的參道順山勢與貴船川平行，彷彿在引導天上川流沖刷人間過盛的生機。人總是偏私的，我無法如同婉惜我的故交蜘蛛般同情笨拙的絲蟲。我的陽台外有一街燈，亮光會透進房間擾人清夢，因此平常夜裏，我總習慣把窗簾拉上。某夜我不知怎麼總是心緒不寧，無法入眠，便打算到陽台上吹吹風，但當我拉開窗簾，卻見牆上映出一個黑色的影子，狀似一朵石蒜，原來往常一直待在外頭的蜘蛛不知何故進來了。我推了幾下面前的玻璃門，確認是鎖上的，實在想不明白。再看那小生物，纖細如銀針的八條腿緊張地屈曲，似與我成對峙之勢。只是當時又睏了，沒有細想便再度躺下，然後沉沉睡去。聽說蜘蛛是掌管生命的神明的使者，而夜晚則是牠們執行職務，奪人性命之時。牠潛伏在我身邊的用意，隨着其消失成了永遠不解之謎。

「水無月」裏必須吃一種表面鋪上蜜漬紅豆的三角形同名甜點，據說是為了解暑，而模仿冰塊製造的。冰就是凝固的水，這樣一塊糕，好像水面漂着雜草浮萍的池塘。使我想起有名的深泥池，那裏住着世上唯一的水生蜘蛛，我偏執地把消失的蜘蛛歸入這種，相信牠只是順着水流回到了故鄉。

（原刊於二零一八年六月十七日網上文學平台「虛詞」專欄「青海波文香」）

綑綁猴

有個年長的女人失去了腹中的骨肉，這個孩子是她費盡了心思才懷上的，她的醫生告訴她，奇蹟不會二次降臨。女人感到非常煩惱，因為她為了騰出時間與資源迎接孩子的到來，辭去了高薪厚職，變賣了多餘的房產，她本來打算把餘下的人生都投放在經營「母親」這個身份上，怎料馬失前蹄，功虧一簣，枉費了一番心血。如何填補多出來的空白，是一個讓人困擾的難題。

「你應該考慮飼養一頭動物。相信我，牠們可以填補任何的漏洞。」在午後的茶會上，一位剛回復單身的朋友如此建議。這個人的家裏有一塊透明的玻璃天花，用以採光，天氣好的時候躺在底下，可以觀賞蔚藍的天空、棉花糖般的白雲、黑夜裏螢火蟲般的點點星晨。其中一塊玻璃表面被灰白的鴿糞所污，遮蔽了景觀，她不屑費力清潔，就讓一直偽裝成其男伴的寵物變色龍去遮住那個位置，效果不錯。

女人接納了她的建議，可是物色了很久仍沒有合心意的。她試過從河裏抓來一條娃娃魚，養在浴缸內，但無法忍受牠半夜發出如嬰兒嚎哭的叫聲，又將之放還。一天，她在八坂通上閒散地漫步，來到了八坂庚申堂。昔日因為工作忙碌，缺乏宗教活動，根本就沒留意附近有這樣一座細小的猴子神社。境內結滿色彩斑斕的球狀布團，好像兒童樂園裏的波波池，使人重拾童心。

女人後來弄明白彩色布團名為「緬綁猴」，模擬猴子四肢被綁吊掛的形象，背上可寫字，是供人祈願的奉納物，寓意人約束一種慾望，才可達成一個願望。才五百日元一個，不貴，不過是食其家一頓井飯的價錢。她突然感到眼前的繽紛很淒楚，成千上萬背負他人願望的猴子動彈不得，被逼擠出一塊，宛如監獄。她買了一個，不忍心許願，就把它帶回家去，掛在窗邊，比如晴天娃娃，每天看着，就愈加惦念那片猴海。於是，她每天都去「收養」一隻新的緬綁猴。很快，她的房子變成了猴子神社的鏡象，只是她的猴子都沒有背負他人的願望。

她感到猴子還是沒有得到真正的自由，因為只有在風大的時候，牠們才會有限度地搖蕩。她認為問題源於被綑綁的四肢，只是綑綁猴一旦鬆綁，便不成猴形。最後，女人終於想到一個折衷的方案，她把擁有的綑綁猴一一繫於身上，背負着牠們在城裏行走，有時也會拖着沉重的身軀艱難地爬到山上，讓牠們片刻回歸自然。女人認為她給予了自家猴子比野生猴子更大的自由，因為野生的猴子不能坐新幹線、不能進出百貨公司、電影院和植物園，而她的卻可以。她想，沒有比她更寬容而開明的母親了。

（原刊於二零一八年十月文學雜誌《無形》第六期「寒」）

銀杏魚尾塚

入秋時剛抵達這個陌生的城市，我被安放在一所低矮的房子裏，叡山電車通過修學院站時帶來的搖晃與震動，銘刻在身體上，到了深秋時便不能自拔地戀上步行，如染上一種特殊的風土病，一遍遍走過那些涼意森森的街巷，在被縱橫交錯之電線分割的長空下，成為孤獨的一人列車。伴隨我的除了漸層的紅綠楓葉以外，便是那如同陽光之凝脂般耀目的金色銀杏，我彎腰撿拾落了一地的閃爍，抬頭看那些自枝幹發散的葉子，或遠或近，像撒落漆器的金箔，裝點着紺碧的天空。

許多時候，我們來不及創造物事，便先創造了它們的未來，如此它們始有了模糊的輪廓，並在邁向未來的過程裏逐步成形。比如每逢年末我總是先有了寄送賀卡的念頭，才開始構想卡片的形貌。這次我希望把此地秋季的顏色夾附寄送，便在城裏到處遊蕩搜集合適的素材。

秋涼後鮮見扇子的縱影，卻仍可在植物的世界裏覓得。腳旁低矮的豆軍配薺有着如團扇般的小圓葉片，難怪又名小團扇薺。團扇多飾以花鳥蟲魚的圖案，繪上麗人的團扇則像一面鏡子，執扇者痴痴地看着扇子上的人，而扇子上的人，或就在某地手執同樣的扇子，只是扇上換上執扇者的模樣，雙方在不知情下相互成為了對方的倒影。

銀杏的葉子則是窄長的葉柄連住自根部延生的兩條分岔線，在尾末以波浪圓弧重新連結，葉片的形狀呈末廣扇狀，尾部常見裂口，將之分為兩半，又像是金黃的魚尾。銀杏是極長壽且古老的植物，已發現的化石可追溯至二億七千萬年前的二疊紀，亦是裸子植物銀杏門唯一倖存的物種。據說在二疊紀末期發生的生物集體滅絕事件，使地球上九成以上的物種消失，因此最初銀杏生成過程的見證者所剩無幾。

若新生必始於滅絕，想像一切的起始可能是這樣的故事：有一種名為「半魚」的物種，它們像被攔腰切割般，只有上半或下半截身體，它們的繁殖方式是當一條上半與一條下半的「半魚」結合，便偽裝成另一品種的魚類，融入到其他族群裏去。因此，

「半魚」的數量注定有減無增，從誕生的一刻起，便預示了物種的滅亡。但其滅絕終究並非以預想方式發生，而是突兀如無端炸裂的果實，所有下半的「半魚」忽然拒絕與另一半結合，一致地乘浪撲向一棵光禿的樹，植根其上，便成就了銀杏。

我只構想到這一半的故事，而另一半的故事，卻怎樣也想不出來。於是，我默默叩問面前這座明亮的魚尾塚，卻始終得不到半句答覆，決絕得如同那年分道揚鑣的人，我背過去佯裝冷淡，片刻後回首偷看，卻見那背影利索地穿過樹影，絲毫不見猶豫，無法挽回，永遠地失去了自己的尾巴。

（原刊於二零一八年十月二十二日網上文學平台「虛詞」專欄「青海波文香」）

失語動物群

日本民俗學之父柳田國男在調查不同日本方言裏對蝸牛的稱呼後，於一九三零年出版的《蝸牛考》中，提出方言周圈論。他觀察到日本方言的詞彙有以京都為中心，向周邊地域如連漪般傳播的發展傾向，最新的詞彙最先發於京都，距離中心最遠的東北部、九州西部等地則保留了最古老的稱呼。也就是說，語言的更迭歷程也像銘刻在剖開之樹幹的橫切面上那一圈圈生長輪般凝定在同一時空下。那些遙遠而由陌生詞彙所構築的世界，也許是我們曾經褪下而遺忘的無數皮層的一隅。

我們在細窄如井的喉嚨裏豢養着的語言，不定時放風便要消亡於死水。接受新事物最遲緩的、又或是拒絕改變的，所有無法跟上所處之地前進節奏的人，可能因此逼不得已成為旅人，懷抱着當地失效的語言，一聲不哼地遠離中心，尋找仍殘留着舊日語言的地方棲居，過起流徙不定的遊牧生活。旅人沒有聲勢浩蕩的牛羊跟隨，除了自己的影子，就只有喉內那有聲無形的伙伴，所以他經常自言自語來消解旅途中的寂寞。

人們在操縱不同語言時所呈現的形象往往大異其趣，彷彿各自有着獨立的靈魂，如果每種聲音一一得以動物的形態具像化，多語言使用者就是一座熱帶雨林。我想像棲居喉嚨的動物，都有着金色的皮毛。沖方丁作品《殼中少女》中因得知主人賭場大亨榭爾的祕密而被燒死的雛妓芭洛特，在重生後得到控制電子設備的能力，卻失去了聲音，只能通過她的拍檔烏夫庫克說話。烏夫庫克是一件高科技變形武器，平常的形態就是一隻金色的老鼠。動畫最後一幕，成功搜集榭爾罪證復仇的芭洛特，在車上獨自捧起烏夫庫克哭泣，二人相識之初她也曾以相近姿勢捧起對方深情一吻。我也學着那模樣，乘着月輝雙手捧起一勺水吸吮，把千言萬語收納到身體裏去，不料用力過猛，冷流急墮壓得胃抽搐如小獸悸動，產生吞下金色動物的錯覺。

當《百年孤寂》中，患上失憶症的眾人為免遺忘事物的名字而在物件上貼標籤，筒井康隆卻在其長篇實驗小說《塗口紅的殘像》的敘事中嘗試把日語的假名逐一刪除，連同它們所構成的詞彙，以及詞彙所指涉的現實中的事物一併消除。例如在首章便被刪去的「あ」在作品中一次也沒有出現，造成了「愛」（「あい」）的缺席。物事消失後，人物對於該物事的認知卻不是即時完全被抹去，而是像無法看清模糊的殘像般，陷於一種意識到失去卻無法言說失去了甚麼的深沉哀傷之中。小說的世界伴隨着小說的完成完全消失。為了排解被小說人物的哀傷牽動的愁緒，我離開家門無意識地遊走，放任自己在這個由語言形塑的世界裏屈曲變形成一頭陌生的動物。

（原刊於二零一八年十一月十九日網上文學平台「虛詞」專欄「青海波文香」，經修訂）

烏鴉白鷺鳳凰

比起其他陸上動物，鳥因着會飛行而較能躲避人類的騷擾，附着每個地方如同它獨特的陰影。從香港到日本，便是從斑鳩與麻雀的世界，進入烏鴉的天地。每次看到漫天飛舞的黑鳥，就像找到掀開偽裝的線索，發現富想像力的影視作品中虛擬世界的原型。京都的烏鴉比較兇悍，會以迅雷不及掩耳之勢搶奪鴨川旁散步的遊人正在進食的果醬麵包，仍殘留着遠古神話中太陽金烏的餘威。相傳為賀茂建角身命之化身，引領神武天王到大和國的八咫烏，根據在上賀茂神社可購得的八咫烏籤之造型，是一隻三腳烏鴉。烏的陰影無處不在，豎立在神社前連結人界與神域的門，被稱為「鳥居」，起緣自天岩戶傳說中為了誘使天照大神現身所搭建的雞架。後來我又在各種建築中發現鳥的輪廓，領悟到在這個國度，人與鳥的棲居，本來就是種無法梳理的複雜共生。

並非所有飛禽都必須為口奔馳，例如在兵庫縣姬路市，時常能看到在陽光明媚的正午，一列長長的隊伍等候被白色巨鳥吞吃的異象。姬路城作為日本最早一批獲承認的世界文化遺產，因着渾體雪白的外觀而有着「白鷺城」的稱號，卻絲毫不似白鷺的柔弱纖瘦，十四世紀由赤松貞範初建於姬山，後逐步擴建成今日的模樣，經歷二戰的姬路大空襲仍完好無缺。當我在後來者的催促下提着盛有鞋履的塑料袋沿木梯狼狽攀上七層城塔之時，思想放空如一塊魚乾，對於此處曾經的住居者之悲歡離合一無所知，連結他們的只有被白鳥消化的共同命運。在頂層大天守等待眾人的是小巧的刑部神社，供奉的是姬路城的女性守護神刑部姬。其本體眾說紛紜，有狐狸、蝙蝠、蛇等多種版本。唯一可確定的是，身處高樓的刑部姬擁有鳥瞰的視野，長久以來窺視着城池周遭的眾生，作為白鷺之眼，永不閉目。

京都宇治市則有鳳凰棲居。平安時期藤原賴通把別墅改建為平等院，並築建阿彌陀堂，供奉淨土宗的阿彌陀如來，堂內壁上掛起五十二尊騰雲駕霧的菩薩像。淨土宗強調他力，仰仗阿彌陀如來的願力來使眾生擺脫六道輪迴，堂中的門扉與牆壁上繪有「九品來迎圖」，演示了依據生前行事與信仰決定的九種臨終獲阿彌陀佛迎接的情境。阿彌陀堂屋簷上飾有鳳凰，而整體外觀類於展翅的長尾鳥，故又稱「鳳凰堂」。

鳳凰堂建於池中島上，隔絕於周遭陸地，加上座西朝東的設計，為西方極樂淨土的象徵，跨越阿字池進入廟堂的路徑隱喻了登陸淨土、達至涅槃的宗教體驗。鳳凰堂以池中倒影之美聞名，然而鳳凰不曾顧影自憐，再美也於其無用。若果每次倒影都生出一片淨土，在晝夜回轉不息間，鳥的繁衍意味着無盡救度。

（原刊於二零一九年六月二十七日網上文學平台「虛詞」專欄「青海波文香」）

飛鼠的形狀

去舊迎新不免要清理衣櫥，折騰半天下來，褲子沒扔出幾條，裙子倒是割捨掉一大袋，不是我偏愛前者，而是本來就不多，也就沒有多餘的可丟棄，留下來的都以舒適實用為主。其實比起褲子，我更常穿裙子，尤其是長裙子，裙擺綿長遼闊，或素色，或印花，或刺繡，森羅萬象盡可收納。一襲裙套下去，即可藏起梨形身材，冬暖夏涼不侷促，像撐開一頂流動帳篷，可以四處為家，天高海闊自在自適。而褲子這種東西，除卻運動褲和與配搭裙子穿着的內襯彈力褲外就沒幾條教我稱心。沒有彈性的衣料讓人行屍走肉，西裝褲和牛仔褲總是讓我一臉蠢相，穿上感覺就像變成了《死魂曲》中受詛咒而不死不滅的怪物，永遠擺脫不了肉身的束縛，人生中只因工作需要而被逼穿過幾回，無不扣連上不愉快的回憶。低腰褲太讓人沒有安全感，至於寬腳褲這類介乎裙褲之間的，萬一腿太粗抵消掉褲管的寬度，就顯得左右為難，好不尷尬，倒不如直接穿裙來得乾脆。而在云云眾多惱人的褲子之中，最不可思議的存在當屬飛鼠褲，它擁有我完全無法理解的構造。

所謂的飛鼠褲，是一種上寬、下收又掉襠的褲子，臀部至大腿的位置鬆垮成口袋狀，小腿以下則收縮緊貼，恰似後肢間有皮膚薄膜相連的飛鼠之形態，走起路來大有飛鼠滑翔之勢，隨意中透着野性。有些飛鼠褲的版型在緊縮之處幾乎與掉落的褲襠同一水平，似裙非裙，甚是狡滑，就如同飛鼠本身，早期一度因能滑行而被誤為鳥類，古人稱之為「鼺」，但飛鼠的飛膜並不如鳥類的翅膀有力，不足以教牠直上青天，終其一生只能在樹與樹之間擺渡。飛鼠的夜行習性增加了牠的神祕色彩，黑珍珠般的眼睛在月光下閃爍如星，暗中觀察寂靜世界，如同森林忍者。飛鼠即鼯鼠，《荀子・勸學篇》載「鼯鼠五技而窮；能飛不能上屋，能緣不能窮木，能游不能渡谷，能穴不能掩身，能走不能先人。」藝多而不精，恰似飛鼠褲欲集各家之所長而不得其法：大腿似是放任自由，但除非內裏再穿貼身的打底褲（褲子套褲子，想想都覺累贅），否則走久了大腿內側容易磨損，邁開步又受膝間褲襠牽絆，終究成了最難駕馭的四不像。

自古以來，人類喜歡以動物毛皮禦寒保暖、改造形貌、虛張聲勢，即使現代製衣流行使用人造纖維，但動物的特徵仍時常被參照挪用到設計之中，蝙蝠袖、飛鼠褲、鴨嘴帽、燕尾服、魚尾裙，無不透露出人類深藏的變形渴望，科技發展歷經多時才讓人類駕馭飛行及深海潛行這些動物與生俱來的本能，似乎再發達的心智也無法抵消身體脆弱的自卑情結。人類就是如此口是心非，一面構造出鼯鼠之技、鼠目寸光、抱頭鼠竄、膽小如鼠、獐頭鼠目等一系列貶損鼠類的成語，一面卻又穿起飛鼠褲嘻哈度日，好不得意，以為佔盡了鼠類的便宜，毫不知曉有時候人還不如鼠。

即使在貴志祐介的長篇科幻小說《來自新世界》裏所描述的那個人類擁有強大咒力，可以一念摧毀一整個異族部落的近未來，因實力懸殊被迫臣服並受人類勞役的化鼠也未曾放棄為自己的正義奮鬥。牠們不斷學習，吸取經驗，擅權謀，懂制衡，深諳弱勢生存之道。食蟲虻部落的奏上役斯奎拉可算是其中的佼佼者，一面對人類卑躬屈膝、虛以委蛇，一面利用人類神力打擊、吞併其他部落以壯大自身，及後更撿拾起人類放棄的科技，仿如重走一遍人類發展的舊路，並逐漸懂得反思與人類的不對等關係，從視人類所賜名號「野狐丸」為無尚光榮，到視之為恥辱標記棄如敝履，再鼓動其他化鼠一同起義，志向和行動力不輸人類歷史上任何一個家傳戶曉的名字。為了戰勝不可能戰勝的敵人，牠深謀遠慮，準備萬全，耐心等待時機，甚至不惜花費十年暗中撫養人類孤兒作為戰鬥工具，巧妙利用導致人類無法攻擊同類的愧死機制打擊人類。化鼠的起義在開始時取得了壓倒性的勝利，高高在上的人類一度淪為狐奔鼠竄的喪家之犬，最終功敗垂成，關鍵也並不在於人類有更優勝的實力，而是得力於與斯奎拉信念相左的另一化鼠—大雀蜂部落司令官奇狼丸的主動犧牲。奇狼丸多次對兩名處事不成熟的人類主角曉以大義，以及最終慷慨就義的場面令人動容，讓經常因畏縮和猜疑而動搖心志的人類主角相形見絀。不論是斯奎拉還是奇狼丸，比起書中許多人類更稱得上是一號人物，而最觸目驚心的一段莫過於主角發現本以為是由裸鼴鼠演化而成的化鼠，其實是擁有咒力的人類在許久以前通過基因改造無咒力人類而產生的奴隸，也就是說化鼠非鼠，實乃失去了人類外表的人類。細細思索單純因為外觀的變形就足以教人喪失為人的資格一事，腦海中閃過媒體上穿着飛鼠褲自我感覺良好的時尚達人，心裏總有種說不出的不舒服和恐懼。

差之毫釐，失之千里，無法想像人類和鼠類共享着百分之九十九的基因和百分之八十的遺傳物質，基因相似度高於猿猴，卻走上截然不同的演化之路。而即使是名字同樣帶着「鼠」字的，也有無窮的變種，得到的待遇也差天共地，同屬嚙齒目的松鼠和老鼠，一種被視為賞心悅目的可愛小生靈，一種卻被趕盡殺絕、人人喊打。飛鼠運氣好些，與前者同屬松鼠科，是受保護的野生動物，更被不少動物園奉為上賓，日本甚至有野生動物研究中心舉辦飛鼠觀賞之旅，由動物專家帶領參加者在暗夜中探尋飛鼠的蹤跡，更會向每位親眼看到飛鼠的人士頒發證書，把目睹飛鼠滑翔視作極寶貴的珍稀經驗。然而不論人類如何看待飛鼠，也無改其野外生存的艱辛和危險，除了人類盜獵者的進犯，更要面對眾多大型肉食性鳥類及哺乳類動物的攻擊，還有過度伐木和自然災害導致其棲居的森林消失，過強的光線限制行動能力等挑戰。而這小小的動物默默扛下了上述一切，就如同地平線上所有與之共存的生命千百萬年來一樣，日復一日地延續着牠獨特的生命形狀，以自身的存在宣示飛鼠一族持續的勝利，不追逐太陽卻成為了太陽一般的存在。人類設計出徒具虛形的飛鼠褲，渴望擁有飛鼠的矯健敏捷，卻無法複製支撐起飛鼠輕盈身姿的強大精神力量與不息奮鬥。

小時候看《西遊記》電視劇，看到白骨精如同尋常愛美女子般為「穿上」哪一套人類皮囊而苦惱，覺得新奇有趣，想到自己的本體會不會也是一具白骨，可以隨意換上別的皮囊？這個念頭結合對穿着玩偶服的遊樂園工作人員的觀察，又有了新的領悟：既然人類可以穿上動物形狀的玩偶服，難保沒有動物也穿上了人類形狀的玩偶服在遊戲人間。或者那些愛穿飛鼠褲的人類其實是穿上了無法脫下的人類皮囊的飛鼠，希望藉由穿着飛鼠褲再度撿拾起本來的形狀。

（原刊於二零二三年三月文學雜誌《無形》第五十九期「褲作用」）

大久野島與有毒的兔子

卡爾維諾的小說集《馬可瓦多》中有一篇〈有毒的兔子〉，描述經濟拮据的主人翁馬可瓦多從醫院中偷走一隻被注射了可怕病菌的兔子，幻想將牠養肥後作為一家人聖誕節的美食，最終美夢隨着兔子身份敗露引來多方圍捕而落空。小說對於兔子面對利誘的心裏描寫尤為細緻：

「小動物注意到這些詭計，這些靜悄悄的食物的供應。儘管牠很餓，仍抱持懷疑。因為牠知道每一次人類試圖用食物引誘牠，就會發生一些不知名的和痛苦的事：把一支針管或手術刀插在牠身上；或把牠塞進一件扣扣子的夾克裏；或用一條彩帶拖着脖子走……。這些醜陋的記憶跟牠所承受的體內的痛楚，器官的緩慢變化，和死的預感結合在一起。還有饑餓。但彷彿牠知道所有這些不舒適中只有饑餓是可以被減輕的，並承認這些不可信賴的人類—除了給牠殘忍的折磨外—還能給牠—也是牠所需要—一種保護，一種家庭的溫暖，便決定投降，把自己交托給人類的遊戲：聽天由命吧。」

位於廣島縣竹原市瀨戶內海的大久野島在戰時曾是生產化武的基地，現時島上居住着的近千隻兔子，據說是當年用以測試毒氣的實驗兔子之後裔，牠們的祖先對於人類的情感大概也矛盾若此吧。當饑餓成了唯一能減輕的痛苦，為了補償其他無法處理的痛苦，消除饑餓的渴望就會被無限放大，永不知足地追求肚腹的充盈成了深深刻印在基因中的執念，代代相傳，頑固的業。

在踏足這片廣袤的海島後便知道，忠海港渡輪碼頭旁裝潢甜美溫馨、販售各種可愛兔子主題商品的紀念品店，純屬誘人入局的糖衣，島上並沒有會揣着懷錶、引導愛麗絲穿越仙境的白兔。如同每個被粉紅泡沫似的幻想沖昏頭腦而衝動買下飼料的遊客一樣，當以小恩小惠換取親密互動的拙劣計謀被洶湧的欲望粉碎以後，我便淪為饑餓動物狩獵的對象。

牠們可以在任何角落冒現，或從後追趕，或阻擋去路，又或是空羣而出，採圍捕之陣勢，直至你被完全淘空，無法滿足牠們更多的索求。然後牠們又退回到你看不見的世界，好像從來不存在，只有在行走中一再踏空，細察坑坑窪窪的地面發現那裏滿布彈痕般的洞穴，以及不經意闖進如魅影一樣疊合在自然空間的戰爭遺跡，才會突然想起島上的兔子以及牠們所象徵的，人與獸共同經歷的苦難。

大久野島毒氣資料館是一棟佔地不大的紅磚矮房，館內禁止拍照，裏頭展示了兔子島陰暗的製毒歷史。在約二百呎的空間中陳列了各式製毒器具、人員的工作服，以及歷史文件，還製作了說明大久野島發展的時間線，島上第一所化武工廠出現在一九二九年，顯示日本在簽署《日內瓦公約》後不過四年便偷偷違背了禁止生化武器的承諾，而為了掩蓋這個醜陋的秘密，大久野島也一度從地圖上消失。資料館外觀低調，主題沉重，加上館內的展板內容只用日語表達，因此雖然門票廉宜，但對於一心前來渡假，只想享受瀨戶內海自然風光的外地遊人並不吸引，參觀時館內除了一位老伯伯職員就只有我一人，無法驚動被困於老舊照片捕捉的昏黃時空中無間苦作的囚徒。

在這個曾經隱身於眾人視線外的禁忌之島上，有過一批寂寂無名的年輕囚徒，每天穿着單薄而欠缺足夠保護力的工作服，冒着中毒喪命的風險沒日沒夜地勞動，還要接受嚴苛的軍法管治，在動輒受罰的高壓環境下經常食不果腹，以青春與生命作代價成就遠方某被造神的存有及其集團貪婪的慾望與狂熱的幻夢。最可怕的是，在肉身的囚困以外，心靈也受到蔽障，無法省察自身與他者連帶共通的受害處境：他們與實驗毒氣的兔子，以及從未謀面的遠方「敵人」其實並無二致。在日本戰敗投降的消息傳來後，這些受長期勞役的人中竟有一些憤恨自己製作的毒氣沒被更好地派上用場，從而扭轉戰局。

加害與被害、美好與醜陋、敵方與我方、正義與邪惡、希望與絕望，所有看似對立的概念實乃彼此依存，無法分離，面向黑暗時背後必定存在着光源，而過度專注於耀眼的光芒則會遮蔽視力，看不清周遭實相。即使是溫婉細膩的和紙與高雅恬靜的陶瓷，也曾在戰爭中淪為殺人工具。在館內一個角落，展示了一羣女學生在以蒟蒻煮成的漿糊黏合和紙製作氣球的照片，這些氣球之後會再被注入氫氣並攜帶炸藥，以高速氣流送往美州戰區，是用於襲擊美國本土、名為「氣球炸彈」的戰時創新武器。另有一件展品是陶瓷鑄造的製毒裝置，說明指出陶瓷隱定而不易與其他物質發生化學作用使之成為理想的物料。

印度瑜珈大師薩古魯曾指出拆解業力的結構即甘願放棄原來固化的模樣，轉化為全新的、可塑的狀態，如同把已燒製的陶罐還原至燒製前純粹的陶土。在物理層面上，陶瓷鑄造的製毒裝置固然並無可能重回燒製前的狀態，就如同曾經發生過的必定留有痕跡，無法逆轉無法否認，但是即使外表相同，物事一旦被賦予新的意義，變化便從內在發生，再也不會與先前一樣。這些從歷史陰影中剝落的遺骸一一成為了記憶裝置，警醒着每一位後來者謹慎前行：在島上悠閒漫步之時，不要忘記活潑小兔蹦跳的地面以下不過數米的土壤，至今仍遺留着高濃度的劇毒砷化物。我在船上回望大久野島，看着它隨船遠離而不斷轉變的模樣，思考與它相關的一切業的結構以及轉化之道，竟至恍惚。

（原刊於二零二三年八月三十一日網上文學平台「虛詞」「字遊行」欄目）

名園之龜

小時候讀到曹操的〈龜雖壽〉，在欣賞其文辭氣勢之磅礴以外，卻也對首兩句「神龜雖壽，猶有竟時。」心存疑竇，因為當時家中飼養過的幾隻寵物巴西龜都活不過一年，夏天時活奔亂跳地攀高爬低，一到冬天就沒精打彩地張嘴哈氣，過不了多久就四肢軟掉失去生命跡象。後來經過學習，也累積了一些經驗，方知養龜大有學問，非但陸龜與水龜的飼養方法大相逕庭，就算同屬水龜，不同龜種的水性、耐餓程度、適應溫度、所需食物和水質要求都有差異，如果沒有掌握足夠知識就難保牠們平安長大，說龜好養不用打理的人往往都沒有親身實踐的經驗。比方說，俗稱忍者龜的黃頭側頸龜擅泳卻特別怕冷，宜養在深水區；食蛇龜屬淡水龜卻不擅泳，生活在潮濕的森林而非水中；巴西龜雖然屬於被多國禁止進口的彪悍入侵物種，但再頑強若沒有恆溫加熱器也敵不過低溫，秋冬容易患上肺炎，放任不管必然喪命。實在懊悔年幼的自己因無知作孽，沒有為牠們提供適合的生活環境，白白害了小生命。

因為養過龜，所以在外看到龜類，都會份外留心，比起身價不菲又稀罕的陸龜，數量多且售價廉宜的巴西龜經常被輕賤。香港的公園池塘擠滿了兩耳有紅色斑紋的巴西龜，這些龜在金魚街五元硬幣大小一隻不過賣二十元，人們在買的時候沒有深思熟慮，待龜成長後體型龐大無法繼續飼養便被隨意丟棄，實在可憐。而在某些打着行善積福旗號的團體舉辦的所謂「放生」活動中遭殃的也經常是巴西龜，看着大量原本生活在淡水的龜隻被綑綁着扔進海洋卻無力阻止，實在教人既憤怒又揪心。年前在社交媒體上看到一檔節目，訪問一名甘願每月花費近萬元照顧數百隻龜的健身教練，這些龜隻為數不少是他人因移民而放棄的寵物，牠們的原主人有的因難以負擔寵物移民費用，有的則是因為其愛寵為移民國禁止進口的物種，不得不將龜隻託付他人，其中又以轉運成本高昂又受嚴格入境規管的巴西龜首當其衝，成了最容易被遺棄的龜隻。其實巴西龜的智商為眾龜之首，對環境的適應力極強，即使離開了原產地北美密西西比河流域，仍能所向披靡，是叢林法則下的常勝將軍。無奈在人類統治的世界裏，每每為人所用而落入進退失據的窘逼處境。動物被如何對待並不取決於其作為天地滋養的生靈之價值，而是如一面鏡子映照出人類的善惡。

汝之砒霜，彼之蜜糖。雖然世上有視巴西龜如洪水猛獸拒之門外的國度，也有將之當成呼之則來揮之則去的玩物並戲弄糟蹋的人，但這大智若愚的爬蟲類動物憑着其獨特的魅力，仍然能贏得有心人的青眼，有時還會獲得特殊際遇。好像北海道有一位愛龜之人就把自家的巴西龜改名破壞王，精心拍攝牠推倒樂高積木砌成的城牆及塑膠玩具士兵、用紙片將牠打扮成桃太郎故事中的海龜、用道具精靈球偽裝成寵物小精靈等趣怪模樣，並放在youtube頻道上，引來了各地同好的支持，甚至獲得了電視台的採訪以及一些小型商業合作的機會。看着墨黑渾圓的龜兒在鏡頭前伸着脖子歪着腦袋，甲殼被護理得油亮光滑，趾高氣揚地成為推銷啤酒、香品和旅館的代言人，竟覺得這變溫動物在粗獷中透着一絲典雅的貴氣，想必平日裏有着高尚的精神生活。不禁想起卡爾維諾在《帕洛瑪先生》一書中把烏龜形容為被封閉在沒有感覺的龜殼之內，因此相較於通過身體接收感覺刺激而形成的，如同機器運轉的程式一般的人類之愛，烏龜的愛是接受絕對的精神法則支配。這種說法對於愛龜者來說雖然非常動人，卻也毫不真實，因為它暴露了作者對龜類的無知：龜殼底下其實隱藏着大量神經與血管，對外來刺激有豐富的感受。不過即使擁有堅實的動物知識終歸也是紙上談兵，要真正跨越生物間感知的藩籬，恐怕除了如同日本古生物插畫家川崎悟司的作品般把動物的結構套用到人類身體就別無他法。

前些日子讀到一則報道，指研究人員發現在福島核災發生的十年以後，疏散區範圍內的野生動物數量不跌反升，動物在人類消失後重奪地域的控制權，並且絲毫未有受到輻射的陰霾影響，展現出一片蓬勃生機。我注意到這種反客為主的現象並非只有在特殊而罕見的災難後才發生，更多的時候物事會在無人注意的尋常時間中默默起變化。今年五月到訪了兩個日本名園，其一是與水戶市的偕樂園，以及金澤市的兼六園並稱為日本三大名園，得名於范仲淹《岳陽樓記》名句「先天下之憂而憂，後天下之樂而樂」的岡山後樂園，這個原為武士權力象徵的諸侯庭園借景於周遭的群山與岡山城，擁有四季皆宜的多樣庭園造景與鮮見於日本庭園設計的開闊草坪。其二是廣島市內二戰前原名泉水屋敷的縮景園，它的設計濃縮匯集了中國西湖之景觀，得到廣島藩第二代藩主淺野光晟為之寫下「縮海山於其地，聚風景於此樓」的序文。這兩個昔日封建領主的後花園現在都成了遊人絡繹不絕的觀光勝地，人類不過是來了又去的過客，而今日盤踞在園中池塘或浮島上的真正住客，是一眾肥大的鯉魚與威猛的巴西龜。絕不可能是庭園原主人寵物的外來龜種每天沒羞沒臊地向所有走近池邊的人類激動撥水，霸道地討要過路口糧，儼如成了一方之雄，這是數百年前的造園者無法想像的吧？

聽說日本最近也把巴西龜列入了「有條件特定外來物種」，禁止銷售、放生與棄養，違者會被處以有期徒刑及高昂罰款。不知道一眾名園之龜此後的生活會有甚麼改變，但願牠們依舊能神氣如昔。

（原刊於二零二三年十一月十日網上文學平台「虛詞」）

夢二之貓

初識竹久夢二這位日本國民插畫家，只知他的美人畫有名，甚至連鎖時尚成衣品牌也曾經出產與畫中美人同款的浴衣，欲讓最能體現大正浪漫的夢二女郎再臨人間。後來發現夢二除了和裝女子也常描繪人與動物的互動，其中又以貓的比例最多。多年前買了一盒印上夢二式美人畫的書籤，揭開包裝面頭的一張是坐在箱子上身穿土黃色條紋和裝的美人抱着黑貓的《黑船屋》，美人慈目低垂，滿懷愛憐地撫着與她秀髮一樣烏黑的貓兒，好像貓兒愛戀自己的尾巴一般，痴痴入迷的她眼裏再也放不下其他東西。而貓則整個陷進牠的專屬人形沙發中，臉背對着畫外的觀眾，無法看穿牠的底細，雖然沒有繁複的細節點綴，卻是畫中最迷人的謎。夢二筆下的貓有調皮搗蛋的、天真無邪的、帥氣的，也有帶着淡淡哀愁的。如果夢二式美人源自簇擁在夢二身邊的如花少女，那夢二筆下這些靈動活潑的貓兒大約也來源自對生活中遇見之貓兒的觀察，而在夢二的故鄉岡山遇上夢二式貓兒絕對不是一件意外的事。

在二零一六年九月這個夢二誕生的月份的一個下雨天，位於岡山的夢二鄉土美術館的一名館員在上班途中救下了一隻差點被汽車撞倒的小黑貓，並將之暫時安置在館內的庭院之中。看到這隻黑貓的人都不禁驚歎牠與夢二「貓之豆本」中所描繪的黑貓簡直如出一轍。美術館的眾人在如何處理突如其來的小貓一事上議論紛紛，最初他們認為放任貓兒在館中獨自過夜實在可憐，況且在館中養貓要處理臭味與毛髮的問題，以及可能有訪客對貓敏感，所以偏向尋找領養者。然而因為一直無法找到願意接收貓兒的領養者，最後便由館長代理認養，每天與他一同上班，並在庭院中購置了小床供牠休息。館員參考夢二長子「虹之助」的名字，為黑貓取名為「黑之助」，黑之助憑藉可愛的模樣深得大家的喜愛，成為了美術館的明星寵物，更被指派擔當「庭院守衛」一職。從此以後，前來參觀美術館的大人與小孩在欣賞展覽的同時，也可近距離觀察活動的夢二之貓。孩子們興奮地從印滿繫上紅色絲帶的卡通化黑之助圖案的巴士上跳下來，中年漢在美術館旁的咖啡廳一角選購黑之助為主題的紀念品，而座上的老婆婆客人在點餐的同時不忘向侍應生詢問黑之助的行蹤，分不清他們是被夢二的藝術吸引，還是受到黑之助的感召而來，誰說黑貓是厄運與詛咒的象徵？

我終於找到因為天氣炎熱而躲進室內的黑之助，看着牠捲縮成肉桂卷的身體發出舒服的呼嚕聲，心裏不禁生出一股衝動，彷佛有一刻與夢二心意相通，好想用紙筆把牠此刻貪睡的模樣記錄下來，奈何手邊沒有畫具。只是如果照着畫作複製被稱作臨摹，那麼照着酷似畫中貓的貓兒寫生的行動又稱作甚麼？想來想去始終不得其所。管不了這麼多了，反正下次到訪夢二鄉土美術館一定要帶上畫簿與畫筆，偷偷為夢二之貓畫上幾張寫生，然後有意識地將它們遺在旅途角落，把這個迷人的謎團擴散到天涯海角。

二

幽渺物事

「湖面一雙漂流的浮玉一直跟隨着我，不知是他游泳時遺下的，還是其身體已經在水中融解，化入我的想像。」

〈浮玉眼珠〉

複眼心像

最初大概因為不時在老紙品雜貨店看到筒身飾以傳統和式紋樣的萬華鏡，便誤以為這小玩意是日本的發明。在閱讀《柳宗悅 日本民藝之旅》這本傳統工藝民俗誌時，發現沒有記述此物，還以為是玩物不符合書中「實用的手藝才是美之要素」的選材取向，故未被收納。後來翻查資料，才得悉此乃蘇格蘭物理學家大衛・布儒斯特於一八一六年在一次光學實驗中受多面鏡子反射對稱圖案的景象啟發的發明，於一八一九年傳入日本，被稱作「紅毛舶來更紗眼鏡（紅毛即西洋人，更紗是起源於印度的一種染織物，色彩鮮艷而紋樣富異域情調，風格影響歐亞。）其時風行大阪。萬華鏡雖非日人所創，但因緣際會在日本引發各種美好的創造。比如鈴木松風堂的創辦人鈴木宇吉郎於明治時期遊滬時獲得一萬華鏡，感於其美，啟發他回到京都後開展百年紙品事業。

事物在通過被命名為「萬華鏡」的光隧道後，因着不同的鏡體構造形成球狀、漩渦狀或如花綻放的映像，每次變動都更遠離原初，幾乎沒有重複的風景。萬華鏡的樂趣在於製造並窺看幻象，不滿足於單純的凝望。因此，在姉小路通上的京都萬華鏡博物館內，大部分的展品前，都設有一張椅子，供到訪者安坐，親自觸碰萬華鏡的機關，像手藝工匠般專注而虔誠地紡織轉瞬即逝的色彩，讓映像停留或離去，除此以外，沒有多餘的抉擇。日本民藝之父柳宗悦曾指出：「手與機器的差異在於，手總是與心相連，而機器則是無心的」、「所以，手工作業也可以說是心之作業。」在一個寧靜的午後，迷路的我也如同這個古老手作之國的子民，拐進隱於內街那璀璨綺麗的光世界，通過紡織無用的幻象，完成自己的心。

心無定相，物相亦然，萬華鏡的形態豐富多變，不輸於它所編織的夢幻。館內除了展出各種地景模型萬華鏡，如仿造嵐山一帶景物的「渡月橋」，可自橋模型欄杆間的孔洞窺看，如同俯視真實的桂川一般。另有名為「曉光」與「繩文之夢」、約一米高的大型京燒萬華鏡，自瓶口往下望，前者透出眩目的彩虹之光，後者則顯現深廣的海洋藍。「TIME——溫柔的時光」是一個音樂盒萬華鏡，內芯置於多邊形玻璃箱中，轉動手柄可改變圖案，而背景的燈光則隨底部時鐘走動而調節，模擬出清晨、正午、黃昏與黑夜，融時間於映像。而那一直默默凝視着眾工匠之勞動的和裝女監工，以彩繪玻璃拼合而成，名為「舞妓二零零三」。她複雜的心思隱藏在閃亮如電子黑屏的髮髻內。我以椎名林檎短篇電影《百色眼鏡》中，受託去調查女演員葛城楓本名的私家偵探天城，每次自她家後院牆上小洞偷窺時帶着的迷惑，猶豫地把眼睛貼上去。

（原刊於二零一八年七月六日網上文學平台「虛詞」專欄「青海波文香」）

浮玉眼珠

無法忘懷伊藤潤二短篇漫畫〈蛞蝓少女〉最後那幕，由少女的舌頭所變的巨大蛞蝓、頂着少女的頭如同殼子，在後院一棵樹的枝幹上蠕動，那顆卷髮的頭顱有着一張悲傷的臉，嘴巴被逼張着，像在艱難地吞嚥一個永不終結的惡夢。那提醒着我們，沒有東西是可信的，即使是親密如身體部分也可能以一種奇詭的方式背叛我們。精通唇語者天天凝視鏡中自己的倒影，也沒有讀懂臉上每一個毛孔的吶喊。

如果你也曾在初中的生物課上解剖過牛眼，就會認同最具備條件背叛的是眼睛。首先，要獲取一顆牛眼，必須向菜市場的牛肉販子預訂，在指定的時候與同組的小友一起把它鄭重地領回來，好像接回一隻共同的寵物。似乎眼睛比起其他掛在鈎子上可輕易買到的臟器與肌肉，是更為特殊而獨立的個體。其次，當你在鋪上報紙的長枱上戰戰兢兢地割開它的身體，會發現這不比剖開任何小型動物的腹部更簡單。而且，它也擁有一顆心臟，一顆透明的、圓片狀的、能把底下影像放大的奇異的心。在注視那顆支離破碎的眼睛時，你自己的眼睛就在眼眶裏顫抖，像隨時會受驚跳走的麻雀，物傷其類。

我肆無忌憚地注視着站在充氣水池旁的男人，臉上架着的墨鏡泛着虹光，好像兩個深不見底的洞穴，洞口向着池中浮沉的尺寸不一之浮玉，除此以外便沒有任何行動。這次的醍醐市集已步向尾聲，場內只剩下殘影一樣的疏落遊人，要是他突然回首，必然會發現我無禮的注視，周遭沒有可以諉過的他人，將陷我於巨大的尷尬中。然而我還是繼續放肆，直覺虹光背後只是一座空城，他是一個被眼睛背叛了的人。顯然攤檔的主人夫婦也如此認為，所以才會當着男人的面議論他長久的沉默與靜止。

終於，男人把手伸進了水池，為了找尋適合的替代品，他不惜冒上讓手習得泳術變成魚溜走的危險，潛行在繪上唐草紋的陶質空心小球之間。當找到符合失去的眼球尺寸之一雙浮玉時，他全身繃緊不再，每一個動作都似流露着笑意，愉快地帶上它們離去。然而我不禁憂心，每種事物都自有其傾向，浮玉有的是浮於水上的傾向，它們多數棲身於金魚缸或水箱內，與水草與魚類為伴，要接納浮玉到身體裏去，他必須有成為水體的覺悟。

再次想起此人，已是琵琶湖火花大會翌日，我來到滋賀的大津港，繞着回復冷清的琵琶湖獨自散步。遠親不如近鄰，從京都市內坐京津線前往湖都不過二十分鐘，比起花兩小時才能抵達京都北部那遙遠的海洋，更能及時潤澤乾枯的心。湖面一雙漂流的浮玉一直跟隨着我，不知是他游泳時遺下的，還是其身體已經在水中融解，化入我的想像。

（原刊於二零一八年九月二日網上文學平台「虛詞」專欄「青海波文香」）

緣起無緣處

翻檢舊物，找到一箱京都居住時期的小物，整理下發現大部分並非購自店舖，而是來自寺廟或神社在特定時期舉辦的市集。香港近年亦作興舉辦各式市集，參加者暫時放下平日的身份成為檔主，販售手工藝品或二手舊物，我亦曾兩度參與，地點多數為人來人往的商場平台或接近民居的廣場，難以想像在清靜的宗教聖域也會頻繁舉行大規模的世俗化商業活動。然而，如果稍稍了解到日本中世的貨幣與商業發展史，就會明白兩者自有其淵緣。

日本中世史學者網野善彥在《重新解讀日本歷史》中提及金屬貨幣最初開始流通之十二世紀後半期，貨幣被認為擁有詛咒力量，甚至會把傳染病指為「錢的病」，將之歸咎於貨幣的使用。到了十三世紀後期，錢漸漸成為財富的象徵，被看成如同君王或神祇的存在，必須謹慎使用，心存敬畏地儲蓄被當作一項德行，把能積累錢財的富人稱為「有德者」。而物品的互換要擺脫贈與及互酬這種連結人際關係的活動，轉化為商品交易，只有在切斷世俗關係的狀態下才能成立，故此市場往往設於可連結神域的地方。「出舉」可被視為最早的金融行為，也與宗教有密不可分的關係，把初收成的稻穗獻予神佛儲起，第二年再將之作為神明的擁有物貸予農民去播種，農民須在收成後，連同利息歸還稻穀。其時從事金融活動的只能是神佛的直屬子民。雖然及至十五、六世紀，商人與職人失去與神佛的連結而改向世俗的權貴靠攏，其時新興的鎌倉新佛教體系盛產所謂「無緣所」寺院，依靠商業金融，而非經營土地來維持，還是可以看到寺廟與商業的關聯。

也許因為這一層關係，在寺廟裏趕市集給予我一種現世難覓的愉悅，仿佛享有一刻與日常切斷開來的喘息縫隙，在攤子間遊蕩的自己是一個有別於平常的自己：她們絲毫沒有關係。在市集裏購物並不以實際需要出發，我只是通過直覺去選擇那些教我駐足的無用之物，好像在一點一滴地贖回自己，由於永遠無法得悉失去之物，也無法得知何為完成，因此只能一次次地重回無緣之地，在那些如同赤裸坦露的靈魂般的物事前猶豫不決。而當我檢視箱中種種：一雙由戰前動畫膠片所製的耳環、一組無法入住的陶瓷小屋群，一對無法穿着的精靈鞋……無法參透它們之於我的意義，意義的求索本身就毫無意義。又或是，對於這些物事而言，我就是一個無緣所，使它們得以摒棄前事邂逅彼此。我偶然把從不同市集得來的毛線王子指偶與毛線法山套在手上，發現了一個中世紀騎士冒險故事的開端，卻一直沒有展開，想必是欠缺了一匹代步的馬。我時時期待牠出其不意地闖進來。

（原刊於二零一九年三月十一日網上文學平台「虛詞」專欄「青海波文香」）

鏡餅及其他

T每年一月十一日都會給我發一塊糕，名曰「鏡餅」。據說是在崇光百貨底層的超市購入，屬於年糕的一類，圓的或方的，有粉紅與白兩色，我總是分到足有半個手心大的白長方體，戲言像橡皮擦多於食物。大多數的時候，T不怎麼理會我的表述，只會揮舞着清癯的臂膀，催我回去忙正事。只有一次，T突然心血來潮，樂呵呵地拉扯到遙遠的過去，告訴我從鉛筆誕生的一五六五年至橡皮誕生的一七七零年之間，人們有以麵包擦除錯誤的長久習慣，旋而把我那無趣的比喻連結上某種舊世界的復興。

但我由始至終只是一個平庸的進食者，無法復興或創造任何值得一提的事物。日常主食中用以替代米麵的韓式或滬式年糕，白晃晃的圓條狀或橢圓片狀凍在透明真空衣內，罩在冷凍櫃薄藍的光線下，使人產生此與魚或牛或豬的切塊屬於同質的錯覺：皆曾活過，將再活過來。

然而它們過於閒靜，反而欲蓋彌彰，似有過戛然而止的騷動，彷彿一種虛構的幸福。我好奇它們前生的死亡。如果當下的狀態是一種逆向的占筮卦象，對未知的過去而非未來的提示，我會判斷它們曾經嗜吃而擅長蠕動。我想到一種適合的死亡形式，類近於畢飛宇小說〈生活在天上〉描繪的那些「一天只吃一頓，一頓二十四個小時」的蠶，「無可挽回地吐自己，以吐絲這種形式抽乾自己，埋藏自己，收殮自己。」

我差點確信盈耳的窸窸窣窣是舊日殘留的咀嚼聲。

身旁的婦人把上半身埋在櫃中專注搜索，好像在找尋失落的身體部分。我很想告訴她其實不缺甚麼，不必畫蛇添足。我有段時期管冷凍櫃叫「法蘭康斯坦之櫃」，想像以櫃中素材組合科學怪人的百種樣態。可惜最後通常只成就了一碗平淡的白菜豬肉絲炒年糕，吃掉一碗，就扼殺掉一篇科幻小說的誕生，而飢餓的我只能帶着罪疚感吃掉一碗又一碗。熱氣騰騰的年糕晾個半晌就溫吞如中年，再在咀嚼中耽擱成涼涼韌韌黏糊糊的滿嘴油膩，宛如生的過渡。

鏡餅則另作別論，吃只是極其旁枝末節的一環。

這種日式年糕裝在一個古怪的包裝內，那是仿照傳統兩個大小不同的圓餅交疊之形的硬質塑料殼，上面頂着一隻橙子，也是玩具似的塑膠品。一座座陳列在歲晚的超市貨架上，好像一隻隻擠在狹窄雞窩裏的母雞，尺寸參差錯落，有如拳頭也有如頭盔般大，腹內是個謎，遠望過去測不到內裏藏着多少塊糕餅。T選的是當中最大的一款，每次瞥見醒目佔據凌亂辦公室一隅的一座塔，腦海就不期然閃過矮小的T捧着它招搖過市，好像美式卡通中頂着大塊三角芝士竄入坑渠的老鼠，每一步都在失去重心邊緣掙扎的滑稽模樣。T按照習俗從每年十二月二十八日開始在辦公室擺放這祭壇似的裝置，一直到新一年一月十一日鏡開日為止。放置的日子是甚講究的：二十九日因日文的九與「苦」同音而避諱；三十日與三十一日則分別是農曆與新曆的最後之日，於此兩日開始放置有「一夜飾」之嫌，視為不吉；八是一個吉祥的數字，二十八日也就成了歲末最合適的日子。據說日本祭神儀式上常見青銅鏡，鏡餅參考了神器八咫鏡的模樣，正月期間獲年神寄住。雖然那神聖的裝置壓在搖搖欲墜的公文上實際功能無異於一個碩大的紙鎮，但我還是因着回憶殘留的陰影，條件反射般投入這場古老的遊戲。

過年在我家從來是一場尷尬的遊戲。若懂得將之當成遊戲或許反過來從容一些，就是因為過於認真，無法全盤掌控就興致全失，往後家族花果飄零，人心漸離，也就無以為繼。言叔夏說：「年是剩下的東西」，但當節慶與日常的界線逐年模糊，反覆加熱至像「浸燉了一整個冬天的氤氳」的剩菜也在某個面目模糊的時點忽爾成為絕響，人只能在延綿的時間平原上無意識漫遊。母親是上海人，始終無法適應棗紅色的廣式椰汁糖年糕，似乎有過一些衝突，妥協是一底豆沙綿密的紅豆鬆糕，同樣是圓盤狀的香甜，都隨那含混的歲月遠去了。清晰的只有鹹肉津白湯年糕與黃豆芽肉絲炒年糕的鮮味，仍然在日常餐桌上一再回歸，頻繁得像從未離開，恰似黏在碗底那幾片吃剩的年糕，極難去除，必須用力刷洗，頑固如貝類海產的閉殼肌。

「啵。」在鏡開日打開鏡餅。

鏡餅放置時間久了，外皮會風乾變硬，須以錘子敲開方可食用，不能用刀子一類的利器，因會引發切腹的聯想。然而時移勢易，兩塊堆疊的餅加上橙子的構造成了徒具其表的塑料包裝，隆而重之的開鏡餅儀式也不過是以手指戳破底部的膠膜，讓裏頭盛載的一塊塊獨立包裝的小鏡餅跌下。今年又是毫無懸念的白長方橡皮擦。我用唇語無聲對T說：「可以來點不一樣的嗎？例如換成粉紅圓形。」T疑惑地歪着頭瞄我，像發現了一個不可理喻的瘋子。我很快便認同了T的觀點，把嘴合上再無異議。因為形狀和顏色並不影響它的味道，而味道也是極其旁枝末節的一環，進食只是儀式過後剩下來的餘興。

選擇一個恰宜的烹調方式，像為故事選擇一個恰宜的結尾。

T說：「用任何形式加熱後便可食用。」

沒有比這更抽象的指示。

T補充：「例如在泡製紅豆湯時不經意地掉進鍋裏。」

這的確是個足夠具體的闡釋。

然而，當我坐着深夜巴士跋涉返家，廚房除了零時的空寂便甚麼也沒剩下。熟睡的家人鼾聲大作，突兀的唯有毫無睏意的我獨對一塊鏡餅，照不見任何映像。我冷靜地煮開一鍋清水，泡沫沸騰如一群飢腸轆轆的狂暴鯉魚，我把它投向了無形的魚群，觀察那一方米白在水中漫開成圓月，其上有陰影晃動如皮影戲，不相干的事物交替顯現：橙子。塑膠橙子。與鏡餅捆綁出售的塑膠橙子。掛着塑膠橙子的樹。上了七年的偏僻天主教女子學校。中學的小花園。不知是誰給從不結果的樹掛上了塑膠橙子。花園鐵圍欄外的棉花糖販子收錢後把蓬鬆的彩雲擲進來。一朵朵卡在樹上。我沒有跟隨大伙兒起哄。板起臉的修女說：「樹上的橙子是假的。」因為我是一個聽話的孩子。板起臉的修女說：「不許買來路不明的零食。」最後一年還得了操行獎。然後有一天橙子和販子都消失了。在上學路上碰見一臉和善的修女，我內心有一座噴發的火山，但最後只是禮貌地道了早安。軟弱的姿勢。

許多年後，我讀到了伊藤潤二的《溶解教室》，才慢慢釋懷。《溶解教室》裏面有個文質彬彬的男子，頻頻向人道歉，雞毛蒜皮的小過失也像犯下彌天大錯般瘋狂道歉，似乎十分軟弱。原來此人跟魔鬼做了交易，但凡他向人道歉，對方便會出現大腦溶解的徵狀。道歉得愈起勁，腦子溶解得愈徹底，漫畫裏的道歉狂魔最後通過電視直播向世人道歉，導致大量觀眾腦漿外溢死亡。道歉狂魔幾乎是以釀酒的態度在量產腦漿，還把不同人的腦漿分門別類裝進瓶中收藏。腦漿有這麼好喝嗎？我的腦子也糊掉了吧？水煮乾了也沒覺察。

我可憐的鏡餅就攤開成薄薄的一層糖迹，死死地附在鍋底，沒救了。只得重新注入熱水浸泡，坐在一旁等候殘迹軟化再收拾殘局，那鍋子擱在盥洗盆內好像被凌空的一雙天使臂膀環抱的聖嬰。今年沒吃成功，不過沒關係，吃之於鏡餅，只是極其旁枝末節的一環。我閉起雙目，提早策劃明年的烹調。

（原刊於二零二零年五月二十九日網上文學平台「虛詞」「Let it 糕」專題）

焚香

六月下旬的夏至，太陽進入巨蟹宮，迎來北半球最長的白晝，自此沙漏翻轉，日照的時間逐日減少，走向長夜。城市像難燃的受潮塔香，溫吞地吐出混濁的煙，終究還是燒起來了。曖昧不明的氣味暴露出嗅覺的遲鈍，室內外的巨大溫差喚醒了季節性鼻炎，惺忪的它依靠着我，一起蹲在夏的陰影裏，窒息般親密。夏有着豐饒的肉身，通體灰黑，轉動即霎時閃亮，如暗夜星光，帶有內斂的母性，宛如對應巨蟹座的拉長石—北美傳說中，引領蝴蝶遷徙的千面女神停留之處，都會生出這種含蓄映照七彩光暈的石頭，與精靈同頻共振。

在嗅覺幾近消失的季節偏偏養成了焚香的習慣，呼應着六月陰鬱無解的複雜情緒。難辨氣味卻仍隨性地點燃香彩堂四季十味線香，或是從本地女巫手上購入的魔法塔香兩種，在古雅的東洋情調與異世界的奇想間搖擺。燒一炷香，消費一種印象，與本原無涉。被命名為「梅」的線香，是以薰衣草與雲尼拿調配而成的；象徵盛夏的「花火」卻含有季節感薄弱的蘋果；「雪」的冰寒則由綠茶、玫瑰與茉莉混合塑造；龍血塔香非以異獸血液製造，採用的是一種紅色的樹脂。薰香只為養物、養一種意境，不為短暫的嗅覺享受。一顆直徑達六厘米的拉長石球，密實黝黑，凝結的宇宙一般立在書桌上，無法預知任何未來，但我卻以它為夏的化身，盡心煙薰滋養。然而自知沒有維持比叡山延曆寺根本中堂一千二百年不滅之法燈的執念，在起伏的情緒中斷斷續續，終將無以為繼，夏注定消逝。

線香在燃燒中逐寸變短，餘燼紛紛跌落在香皿內，而塔香在燒過後仍大致維持原來的體積，剩下來的東西都留在原處，像替泥黃的山蓋上了灰白積雪，彷彿消耗掉的只有時間，在物事身上體現為季節的轉換。但是，只消一細口呵氣，一切便土崩瓦解，就像眼前的秩序。我想起動畫《古城荊棘王》中描述的那個美杜莎病毒蔓延的世界，發病者會在十二小時內身體石化粉碎死亡，只有一百六十位幸運者獲選中接受冷凍，直至治療之法研發成功才再度醒來。但陰謀與意外卻使一切脫軌，冷凍者提早醒來，發現冷凍場所已被荊棘與異獸佔據，少數的生還者只得倉卒展開逃亡之旅。最後發現追逐他們的可怕事物盡是各人執念所生的幻象，連女主角也是其難忍喪妹之痛的雙胞姐姐的想像產物，真實的她在影片開初已死去。然而，這個執念生成的幻象卻成了最後的生還者，在無望的世界裏尋找希望。恰似一切的信念，或許始於虛妄，但一旦產生，就牽引出各種生成可能。

有時候，灰燼散落後未燒盡的香泥中仍有一點火光，將滅未滅，烘得香皿底部相當燙手，只得延後清理，任其存留至終末。在等待的過程中，我轉動着腕上的拉長石手串，珠子上的光點明明暗暗，像是要通過眨眼，提示我某種訊息，有關這個城市，有關這個世界，有關所有靈魂。

（原刊於二零二零年六月八日網上文學平台「虛詞」「夏至」專題，原題「焚香雜事」）

購自天神市的一枚古埃及主題省胎七寶吊墜

神無月，她來得不是時候，要拜訪的菅原先生去了出雲公幹，雖仍可照常占卜問事，但心中的疑難若非於大神臨在時答覆總不能心安，只是若等到下月再來，恐怕來不及了。罷了，過門不入終歸不合禮數，何況又趕上天滿宮每月的跳蚤市集，入內一逛就當散心。

人潮如鯽，梅花尚遠，遍野楓葉燒得通紅，被遊人之手長年累月摸得發亮的銅牛卻冷得如同凍肉舖的雪藏牛排。她把麻痺的指尖縮回掌心，握緊、放鬆、握緊、放鬆，這樣便有了三顆心：左邊一顆、右邊一顆、胸口一顆。她很好奇手上的兩顆會否如同鴕鳥羽毛輕盈，好讓她魚目混珠，在冥界審判秤子前騙過阿努比斯，免去被外形混合鱷魚、河馬與獅子特徵的怪物阿穆特吞食的命運。

她的心始終懸着，從那時開始就一直懸着，未有一刻鬆快，她再有能力也不過是人，不是神，只能在人力範圍內盡力，無法如伊西斯在丈夫奧西里斯被賽特殺害肢解後冷靜地收集散落大地的屍塊，再以重生魔法將之復活。過去，她冒充厄里倪厄斯追趕那不懷好意的惡徒，現在輪到她被真正的厄里倪厄斯不分晝夜的窮追猛打，一旦被復仇女神盯上就再無可能擺脫，即使是奧林匹斯十二主神之首的宙斯也沒有辦法。她不期望菅原先生改變目前艱難的現況，只求學問之神給予她智慧去面對接下來的一切。

用舊和服改造成的手袋、松果髮夾、屬於上世紀的黑膠唱片、不辨真假的骨董、古怪的木製發聲小玩兒、黏着油脂和灰塵的車站無人認領物品、年代不明的老照片、不知從何而來的花紋瓷磚片，全浴在濃郁的烤肉和魚的炭火味中。她感到有些倒胃口，那天以後，她就再也吃不下肉，也聞不得腥，任何肉類的氣味都會勾起她對丈夫發漲屍身的記憶。

「你身上有殺人的氣味。」他說。她扭頭看窗外的鳥，吱吱喳喳的，她模仿牠們的叫聲，可是沒有一隻中計，全鑽到附近枝葉繁茂的樹冠中，只露出一雙雙警剔的小黑眼珠。她的眼神黯淡下來。牠們看見了。牠們知道。然而無憑無據，又能奈她甚麼何。

省胎七寶是一種日本傳統工藝技法，先以銅胎為基座，於其上以銀線繞出圖案花紋，塗上天然礦物七寶釉料，燒製成型後再在釉面加上保護塗層，然後浸在酸中，把胎骨完全腐蝕，最後去除釉面塗層，經打磨拋光後會呈現出通透的光澤。以這種技法鑄造的器物精緻歸精緻，卻十分脆弱，價格不菲，多是有閒裕的人家放在居室裏當擺設觀賞的，沒想到在這攤檔上竟有這麼大量廉宜的飾品在傾銷。她挑揀了一會兒，發現每個設計都不一樣，包含各地神話、宗教、文化元素，只覺得個個都好，不知怎麼選擇，她好想永遠停留在這個只專注於發現美的時刻，不願回首面對那逐步臨近的審判。

「找到了。在鴨川中發現他的遺體。身體有被車輛輾過的痕跡，早前下了一整個星期的濠雨，估計是在附近遇上交通意外後被大水沖到河道中，具體發生意外的地點尚在調查，請節哀吧。」接到電話通知時她碰巧在整理櫃上的擺設，一不小心撞碎了一個有蓋粗口省胎七寶瓶擺設，那是結婚時丈夫送給她的禮物，原來是婆家的東西，丈夫不理父母反對，執意與她私奔時偷偷將之帶走，可以說是一件賊贓。「不是你的終歸不是你的，遲早要還回來。」婚後半年，頭一回收到婆家的來電，對方冷冷地掉下一句話就掛了線，那通電話為她帶來的恐懼不亞於現在這通，她歇斯底里地質問丈夫，他卻發誓絕對沒有把他們的聯絡方法洩漏給婆家的人。她一邊歪着頭夾着電話，一邊跪在地上收拾殘骸，淚水模糊了她的眼睛，她為她的歐西里斯哭泣，內心的悲傷洶湧如同上漲的尼羅河，不願相信丈夫的死是一場意外。

自從接到那通令人不安的電話，她便經常聽見飆車黨在附近肆虐的聲音，尤其是當丈夫出門上班，家裏只有她一人的時候，那一陣陣汽車引擎發動的噪音把房子以外的世界變得宛如焦躁巨獸的巢穴，牠們無時無刻不在發出飢餓的咆哮，好像不把一切可以填充肚腹的東西都搜括淨盡誓不罷休。她記得他們最初是看中這裏地處偏僻遠離煩囂才決定租住，在剛搬過來的時候明明非常寧靜，清晨還可以聽見鳥兒的啼鳴，現在卻成了不戴耳塞就無法入睡的混沌之境。雖然丈夫多次安撫她，認為即使環境的變化有時快得令人無所適從，也不能將一切歸結於毫無理據的陰謀論，但仍無法阻止她把那位喜歡飆車的小叔看成惡夢的根源。

她並沒有真正見過丈夫的這位弟弟，她只記得在那僅有的一次家庭聚會上，公婆一言不發地聽畢丈夫介紹自己以及宣布結婚的決定後表情十分難看，然後雙方不友善的對話慢慢演變成激烈的爭執，小叔的名字頻繁地伴隨言語的火星子蹦出，她聽得一頭霧水，似懂非懂，大約是他們的婚事和離家的決定違背了丈夫對弟弟的承諾。敏感的她環顧四周，發現了一張丈夫與另一年輕男子的合照，男子一身賽車手的裝束，與穿着襯衫西褲的丈夫形成對比，背景是金字塔與大片的黃沙。後來她向丈夫詢問照片的由來，他說是有一年他到埃及旅行，正好碰上弟弟參加當地的飛沙賽車，便有了這張珍貴的異地合照。

丈夫說小叔是個精力充沛又喜愛挑戰極限的青年，不似他沉靜木訥，耐得住性子去做七寶燒，所以家裏一直希望他繼承家傳的手藝。也許是基於長子的責任，他一直覺得這件事是理所應當的，並沒有細想自己是否真的希望一輩子過這樣的生活。然而，在與她交往以後，他的想法便有了轉變，開始思考生活的其他可能，例如他未必一定要為了滿足家人的期待而勉強自己做不喜歡的事，也沒必要無止境補償他人並非自己責任的不幸。

很明顯，丈夫的堅決離開必然把承擔家業的重擔重新落到小叔的肩上，而他這種桀驁不馴的青年必定不會服從，公婆與小叔間的關係便會變得非常緊張，甚至可能會以經濟封鎖來限制其興趣發展，長此下來肯定要心生怨恨，做出甚麼出格的報復行動也不會叫人意外。她反覆對丈夫說明她的擔憂，但是只換來他一次比一次強烈的斥責，有時還會惱恨地往自己身上摔東西，好像在懲罰自己做了甚麼罪大惡極的事，直到她跪下來哀求他不要傷害自己，寧可他把氣撒在她頭上，他才會停止，然後委屈地抱頭痛哭，如同一隻受傷的幼崽。直覺告訴她，有些事情丈夫肯定沒有對她完全坦白，可是也沒有辦法弄清楚是怎樣一回事。有幾次她看到丈夫在半夜裏輕輕撫摸那件從婆家帶來的省胎七寶瓶子，痴痴盯着那器物好久好久，還偷偷掉眼淚，口裏念念有詞，不禁懷疑那根本不是送給她的，說是結婚禮物不過是為了掩飾無法割捨對家人的牽絆的託詞。

找到了。挑來揀去選了半天，終於拿定了主意。這枚吊墜成色不俗，手工精細別緻，形狀呈胖Y形，背景色是沉實的深棗紅，一個膚色白皙的半身古埃及人舉手朝拜，四個藍幽幽的聖書體字符鬼火般懸浮在空中，體現了異國情調與日本工藝的完美融合，是少見的珍品。攤檔的老闆是個很好說話的中年大叔，一直任由她隨便翻揀，還主動給她降價，希望能多銷出幾個，但她身上錢不多了，堅持只買了這一個。

丈夫曾經告訴過她，七寶燒源於古埃及文明，後來經中國、朝鮮等地輾轉傳入日本，慢慢演變成如今的樣態。看着這枚吊墜，在想到古埃及的技術在日本發酵、轉化後大放異彩，成為了國寶級的傳統工藝，再用以呈現古埃及的故事，感覺妙不可言。但是埃及神話中伊西斯的復仇故事卻無法適應日本的水土，變調成讓局中人無所適從、面目全非的模樣。她把吊墜掛在項上，不確定這是一個護身符，還是一個催命符。

「這裏有一個、還有這裏、這裏，一共被鋼釘戳到三個洞。車一開到這裏，感覺碰上甚麼，然後輪胎馬上就洩了氣，害我卡在那兒動彈不得，也幸虧車停下來了，若果遇上雨天，路面潮濕，一不走運撞上哪個倒楣鬼，來個車毀人亡就太慘了。」

「我上星期也差點翻車啦，我眼力好，遠遠瞧見前方有個閃亮的點，已經刻意避開，結果輪胎還是被削去了一塊，你說這條路最近又沒有工事，哪來的鋼釘啊？」

「這就是最讓我擔心的地方，我通知警方去移除鋼釘時就在旁仔細看着，那幾根鋼釘這麼粗，卻只是淺淺地打在地上，而且打得歪歪斜斜的，像是用人手草草敲進去的，況且哪些鋼釘的分布很怪異，絕非建築刨除的遺留物。更可怕的是，那些鋼釘頭分明是被刻意磨尖了。」

「你懷疑是有人刻意設下的陷阱？那也太損了吧！無仇無怨的，何必害人，該不會是心理變態吧？偏偏這個區域沒有攝像機，也查不到是甚麼人幹的，我早就反映過，這裏應該要安裝攝像機，都出過好幾宗交通事故了，可是那些人作風實在官僚，哪裏會聽進去別人的意見。」

「最近這一帶不太平了，先是來了張狂的飆車黨，大白天也敢在路面飛馳，現在又來了鋼釘怪客，到處敲鋼釘，都沒人管管，我看暫時還是不要開車。」

「開不開車都不相關，哪怕你是用走的、坐公交車、還是騎腳踏車，這瘋狂的路，反正你只要待在上面多一刻就多一分風險。」

「唉，大家自求多福吧。」

此時，她正排在超市付款的長長隊伍中，遠遠觀察這兩人的背影，只是人實在太多，距離又遠，看不太清楚，待買完出來，人早已不見了蹤影。她像獵犬尋找可疑氣味般使勁地感應他們的位置，向一個可能的方向走了幾步又停下，心裏多番掙扎，最後想到要趕着回家為丈夫製作晚飯，還是選擇折回原來的路。然而，在完成了一桌子飯菜後，她才想起丈夫已經很久沒有回家吃晚飯了。這陣子兩人都像一點即爆的火藥，動不動就為瑣事吵架，後來丈夫為避免與她衝突，索性每天連早餐都不吃就提前出門上班，下班後再加班到夜深，待她睡着以後才回家。在黯淡的燭火中，一個陰狠的表情浮現在她的臉上，她深信只要可惡的飆車聲繼續籠罩他們的生活，時刻提醒着丈夫對家人的失信，二人的分道揚鑣是遲早的事。

今年的天氣有些反常，梅雨持續到了八月底，而進入梅雨季後，飆車黨像無法適應環境變化而絕種的動物般銷聲匿跡，更常看見如河馬一般只露出半張臉的車輛在汪洋中涉水緩慢前行，令車主與行人聞風喪膽的鋼釘怪客依舊逍遙法外，連綿大雨造成的濕滑路面加上未完全清除乾淨的的鋼釘，對道路使用者始終是個隱患。丈夫已經有五天沒有回家，電話也打不通，致電警方通報了失蹤人口但暫未有消息，她被大雨困在家中一直無法外出，除了倦怠地一再拭擦潮濕得表面滲出水珠的家具，就沒有其他事可做。她有種不祥的預感，隱隱覺察到她走了一步很錯的棋。她忽然想起那個省胎七寶瓶子，卻發現不在原位了，莫非……這時電話鈴聲響起，她心頭一緊，情急之下撞上了櫃子。

丈夫的遺體因有一段時間泡在水中發漲得好似胖了一倍，彷彿在失蹤期間去參加了一場暴食馬拉松競賽，身體隨着進食被撐得愈來愈薄，最終因為無法承載更多食物而爆裂。此刻，她不得不接受她的婚姻以這種方式結束。她想起丈夫向她求婚那天，在預先訂好的酒店房間裏用一個足有成年人大小的巨型氣球堵在房門背後，待她一打開房間，門就把氣球壓向牆壁，從門後炸出的彩紙屑黏滿了她新買的毛衣，事後他們花了好一番功夫打掃布滿整個房間的紙屑與氣球碎片，累到滿頭大汗，沒有比這更愚蠢的求婚計劃，而她答應了。她有些懊悔，如果知道命運會這樣首尾呼應，或許當初應該暗示他更用心些。她細心檢視眼前這具幾經飄泊終於回到她身邊、曾被稱作其丈夫的身體，看得見的地方尚算完整，但看不見的地方呢？他的腸胃裏沒有殘留一丁點她做的食物，他散發着陌生的氣味，他的心早就不在這裏了。

「小姐！你還好嗎？」她一恍神，不自覺站在了馬路上，迎面急剎停的小貨車司機把頭伸出窗戶驚魂未定地向她喊話。她低下頭急急地退回行人路，畏縮得好像做了甚麼虧心事般。對了，她第一次行動時也遇過類似的事，因為缺乏經驗，力氣又不夠，所以花了些時間才固定好第一顆釘子。正當她站在路邊喘氣休息的時候，冷不防一輛小轎車緩緩地從她背後開來，幾乎擦肩而過，她一時站不穩，向後摔了一跤，手挽袋中沉重的工具掉了一地。在夜色中看不清楚司機的臉，只見那人滿嘴胡言，露了半個頭出來，嘔吐物沿車門流到地上，顯然是喝醉了。她感到又怒又噁心，卻因為情況特殊未能聲張，只能眼睜睜看着車搖搖擺擺地駛去。

為了擺脫令人窒息的記憶泥沼，她從口袋裏摸出一顆鋼釘，握在手心，隔着厚厚的牛仔褲刺向右腿外則，因為寒冷所以疼痛是遲延地漫開來的，在大腿的濕濡由溫熱轉涼後，她才知道喊痛。在神宮滿是沙石的地上栽了個跟頭，臉朝下擦出幾道野獸的爪痕，癢癢的像觸碰到胡狼鬆軟的毛髮，但當用指尖確認傷勢，卻只摸出一隻垂死的螞蟻。一切彷彿塵埃落定，那吊墜又像一塊烙鐵忽然在鎖骨的位置火熱地燒起來，殘留在七寶燒背面的腐蝕液體使皮膚產生了過敏反應，她與它終究無法契合，就像她與他。

她第一次觀察夜行模式行車記錄儀拍攝到的自己，說不出的病態、別扭、瘋狂與可悲，就像看慣了鏡中的倒影，會不習慣真實的形象，然而卻無法否認那確實就是自己，即使它如同潮濕陰暗地牢裏滋生的怪物。她為自己的冷靜感到驚訝，竟然可以不慌不忙地呷着咖啡與他研究並討論畫面中的每項足以指證她的細節，仿似電影裏經常描畫的那些乖張變態的狂徒，因極端的自信而坦然。後來她終於明白過來，這不過是因為她再也不在乎了，不知道要在乎甚麼，也不知道要如何在乎，所以無可奈何順流漂去。外頭的鳥吱吱喳喳地吵個不停，像一場醞釀而久的大雨終於傾瀉下來，下得特別兇，下得特別久，直至水淹沒頂，她再也聽不清自己說的話。

操辦丈夫的後事使她暫時忘卻即將逼近的危機，自從那次約談後又平靜地過了兩星期，對方沒有一點動靜，大約在做其他的搜證，又或是那只是夾雜在她眾多無眠之夜之間的一場夢魘，真實與幻象的區隔從來就不存在，境由心造，全在乎她如何去理解感知到的一切。就如同那個本應被摔壞了的有蓋省胎七寶瓶擺設，又再次出現，教她困惑了好一陣子。如果不是丈夫的死，她還真不知道骨灰罈的材質有這麼多種類，有玉石的、陶瓷的、琉璃的，而眼前這個七寶燒骨灰罈，除了體積大了一倍，色調沉了些，邊角處有些氣泡和瑕疵，與她的結婚禮物有七、八成相似，沒有比這更適合作為曾經的丈夫，以及他在意的那人的歸宿。

瓶子散落一地的碎片把她的手割得傷痕累累，內裏揭示的真相則叫她既驚且怨。她從來沒有思考過這個瓶子為何如此沉實，只道是器物本身用料實足，再說這麼貴重的擺設她也不好經常挪動，長時間任其束之高閣，沒有考究當中竟另有玄機，直到珊瑚化石般的潔白骨塊隨七寶瓶的破裂暴露出來，她才如夢初醒，腦海裏浮現丈夫在午夜撫着瓶子輕輕呼喚弟弟的場面，終於明白他從婆家帶過來的是甚麼東西。她一下子感到心裏空落落的，冷得像冰窖一般，原來從一開始就沒有勝算。「……總之，請您先來一趟，親自確認一下，再辦理遺體認領手續……」她一面應諾着電話裏的對象，一面把地上的東西一一撿進塑料袋中，當情緒隨着淚水流出以後，剩下來的是沉澱過後的各種帶刺的細碎念頭，反覆的思索使她頭痛欲裂，最後她只能拼命催眠自己停止思考，勉強說服自己要以餘生去收恰這偌大的爛攤子。

當疼痛完全消散之時，她的意識再度澄明，天滿宮的楓葉依舊火紅，但跳蚤市場已見衰微之勢，現場遊人疏落，檔主們大多都在收拾東西。她感到頸上的負擔消減了許多，一摸之下果然如其所料，再取出隨身小鏡照看，鎖骨位置的紅印猶在，而那神秘的古埃及主題省胎七寶吊墜早已不知去向，好像專門為了給她打上有罪的印記而來，完成任務後便撤退。她知道她逃不掉了，不論是埃及、希臘、還是日本的神祇都不打算庇佑罪業深重的她。她悠悠地踏出天滿宮，此時，口袋中的電話響起，然而她沒有接聽，任由它高聲尖叫驚了一樹的鳥，直到她從所有人的視線中消失，那鈴聲依舊迴盪在耳邊。

三

粼光絮語

「一個迷離惝恍的界域隨着翅膀展開，新居的聲音淅瀝降下如一場白金之雨，落下處播種回歸起源的生命之花。」

〈白金雨生花〉

暖冬觀劇記

新年伊始，在偶然機會下獲得門票，往香港大學莊月明文化中心月明劇院觀賞由香港大學專業進修學院主辦的「寶生流X山本家：能樂．狂言．京劇」表演。這次演出結合了日本傳統舞台藝術「能」與「狂言」，以及中國的京劇，新鮮罕見。在短短兩小時內先後欣賞狂言《墨塗》、能劇《土蜘蛛》，中場休息後再迎來能劇與京劇同台演出的《清涼山》，實屬難得的觀賞經驗。

《土蜘蛛》說的是源賴光臥病期間夜裏遭遇化為僧人的大蜘蛛行刺，後派遣家臣追尋蜘蛛巢穴，將之一舉殲滅的故事，有說是暗指大和朝廷與原住民「土蜘蛛族」間的鬥爭。而《清涼山》則是改編自能劇《石橋》，表現《西遊記》中的孫悟空成佛後於清涼山逗弄曾交過手的獅子精靈，並與之共舞的情景。能劇流派寶生流以獨特而富感染力的唱腔聞名，功架沉穩無可挑剔，日籍京劇演員石山雄太飾演孫悟空，活靈活現，說不出的驚艷。而我認為開首的狂言《墨塗》雖輕鬆滑稽，卻相當有意思。

狂言與能同源自猿樂，及至鎌倉時代始有清晰分野，至南北朝起受到貴族支持而由民間娛樂逐步發展為高雅戲劇藝術。相較於能的凝重，狂言是穿插於能劇間的即興喜劇，以對話為基礎，同時夾雜歌唱與舞蹈。《墨塗》講述的是某大名因訴訟滯留京都，期間結織了一名女子，官非化解後，回鄉前特意拜訪該女子，向她道別，女子把杯中的水偷偷塗在臉上裝出悲傷的模樣，但被大名的侍者太郎冠者發現，乘其不備將水換成墨汁，從而揭發了她的虛偽。最後大名故意贈送鏡子作為離別之禮加以諷刺，女子透過鏡子發現自己的醜態後惱羞成怒，繼而持墨追趕大名與其僕人，塗污二人的臉洩憤。前因與後果都在誇張嬉鬧中消解，人際關係的脆弱仿佛一下子成為觀賞肥皂劇時塞滿嘴巴的薯片，嘎蹦一聲碎了滿地，舌尖的油膩鹹香掩蓋了淚水的鹹苦。

黑色的淚水落在狂言演員的臉上像一面面黑色的鏡子，互相映照出各自的可笑之處，但在不同的文化中，黑淚卻有截然不同的意涵。傳說在名為「阿帕契」印第安部族裏有一幫族人受到敵人的伏擊而亡，親人的淚水落在地上便凝固成一顆顆小小的黑石子，就是黑曜石，別稱「阿帕契之淚」，喻意永遠不再哭泣，同時亦是墨西哥的國石。而對於某些國度的黑幫，一顆紋在眼角底下的空心眼淚，則意味着復仇未遂。幕府時代的女子流行用鐵漿染黑牙齒，張開口似乎可以窺見內在的深處，是由重重的暗影疊合而成，好像隨時把人皮褪下，就能回歸到陰翳中去。我總是認為這樣的人或許會流出真實的黑淚，在日照過於猛烈的中午，如融雪露出底下的植被。

（原刊於二零一九年二月八日網上文學平台「虛詞」專欄「青海波文香」）

白金雨生花

慾望會生花，而我從小就欠缺對甜飲的慾望，所以炎夏裏為解暑而調配的各種艷麗液態之花鮮有開到我舌尖上。曾經一度對便利店裏販售的那款名為「思樂冰」的碳酸飲料沙冰有過美好的想像，比起味覺更多是視覺上的迷戀。後來但凡悶熱的夏季，煩躁的時候，習慣讓耳朵喝下質感猶如凍結砂礫的清澈嗓音，屬於一九五九年仲夏出生的音樂女神新居昭乃。

新居昭乃自一九八六年出道以來，參與多項動畫、遊戲與廣告的音樂計劃，推出「空之森」、「Eden」等唱片多種，身兼作曲、編曲、填詞多職。在其個人官方網頁中，把她形容為歌聲具透明孤高之感，被尊為「幻想系的始祖」。新居的音樂自成一體系，每首歌都彷佛在建構一個遙遠的奇幻國度：精靈棲居的古老森林、彩虹色的星球、童話中的鏡之國……空靈的聲線既像耳邊低訴又似擁有跨越時空的感染力。新居作品的宏大與細緻如同「Eden」專輯封面構圖：藍天白雲倒映在如鏡的水上，使水邊的明亮綠茵變成半空浮島，界限處連接一座深邃的森林，把一個豐饒的隱喻收納在邊陲，草叢中央立着一隻野兔，下一刻方向未明，在森林、草原、湖（天空）三界間猶豫。層次豐富引發飄渺的聯想。

經驗的零散往往偏離作品誕生的時間軌跡，認識新居始於二零零四年一齣冷僻科幻動畫《庫拉烏—幻之回憶》，講述有一種渴望佔據更廣大空間的微觀世界物質Rynax，一旦溢出便會把所觸及之物化為原子，一個科學家在實驗中發生事故，使十二歲的女兒庫拉烏被光束分解，隨即又重新恢復人形，重生後的女兒自稱為「Rynax」，變得再也不一樣。長大後成為擁有異能的諜報員之庫拉烏又從身體分出一個妹妹，長相與十二歲時的自己相同，名為「聖誕節」，二人處處流露曖昧的女性情誼。習慣風格冷峻的作品，對於這樣一齣感情細膩的科幻故事手足無措，結果五集止步。腦海中卻一直迴旋那首溫柔的片頭曲「令人懷念的宇宙」，在那個宇宙裏，只有一雙紫羅蘭香氣的白衣裙少女如蝶飛舞。

由此回溯新居更早期的作品，像為動畫《羅德斯島戰記》創作的一系列極富詩意的歌曲。「風與鳥與天空～reincarnation～」描述旅人如曾經的夢境般來到砂之國，聽見過於寂靜的星晨吟唱那不滅的生命之歌，在展開新旅程前被告誡切莫忘懷風與鳥與天空的悲傷，徐緩的哀愁縈繞不散；悠揚清冷卻又纏綿悱惻的「Adesso e fortuna～炎與永遠～」傾訴女子月夜思情。在菅野洋子主理音樂的《Macross Plus》中，虛擬偶像夏濃蘋果的投影在空中演唱「Wanna be an angel」，一個迷離惝恍的界域隨着翅膀展開，新居的聲音淅瀝降下如一場白金之雨，落下處播種回歸起源的生命之花。

（原刊於二零一九年四月一日網上文學平台「虛詞」專欄「青海波文香」）

持劍者的浪遊

猶記得從前亞視購入臺灣電視布袋戲《大儒俠史豔文》，當時年幼，又受了《娃鬼回魂》一類恐怖電影影響，瞥過幾眼，只覺人偶世界鬼氣森森，未及深究。然而這個被錯過的世界，十多年後卻因日本知名編劇虛淵玄與臺灣霹靂國際多媒體共同製作的奇幻武俠布袋戲《Thunderbolt Fantasy 東離劍遊紀》，以破格的形貌回歸，使我欲罷不能。

《東離劍遊紀》圍繞一個從西幽跨過鬼歿之地來到東離的浪遊劍客殤不患，在詭計多端、綽號「掠風竊塵」的怪盜凜雪鴉的誘導下，偶然拯救了被追捕的少女護印師丹翡，因而捲入玄鬼宗與鍛劍祠的紛爭，答應協助丹翡取回被玄鬼宗宗主蔑天骸奪去的天刑劍劍柄。過程中結交追逐名聲的少年武者捲殘雲、矢志滅世的妖姬刑亥、道貌岸然的神射手狩雲霄、酷愛挑戰強手的劍客殺無生等形象豐滿的人物。眾角色在操偶師的精湛駕馭下栩栩如生，武打場面精彩俐落，情感流露也恰如其分，未有因木偶無法表現面部表情而有所減損。這種表演的難度與以面具遮蔽表情，單純通過聲線與肢體動作表現喜怒哀樂的能劇大概有相近之處。台日元素交融，即使在日語版本中，人物登場時的出場詩也均以台語唸頌，不論使用哪種語言，整部劇的氛圍也難以被歸入某種確定的身份認同，有別於日治時期為政治服務而衍生的皇民化布袋戲。

人物的武鬥往往亦是各種意識形態角力的呈現。如凜雪鴉與蔑天骸的決戰中，以收藏寶劍作為追求劍術的象徵，並奉為一生志業的蔑天骸，赫然發現一直以來所輕蔑的雞鳴狗盜之輩，原來竟是個劍術遠在其上的高手，大惑不解下追問對手為何甘於隱藏實力，當個為世人所不齒的竊匪。凜雪鴉玩世不恭地回應，稱自己早已在劍術上登峰造極，並厭棄了這方面的追求，認為以欺詐之術玩弄人心更為有趣。一生志業遭到如斯嘲弄，驚覺自己落入圈套成為對方解悶之玩物的蔑天骸，惱羞之下憤然自盡。

這種對所謂正道的反諷在揭示殤不患千里迢迢來到東離的原因後更上一層樓：向以拙劍為武器的殤氏其實手持一份收藏了三十六把魔劍的捲軸，為怕落入惡徒之手危害人間，到處尋覓安全丟棄之所。天刑劍被毀而釋放出的滅世魔王，也瞬間被殤氏以另一把替代之劍重新封印。貫穿整部的爭劍之全部意義，仿佛在一息間被消解得一絲不剩。然而對消解意義的消解才是本劇終極的意義。在第二季出現的雲遊僧諦空，敲問一切意義，只見人世之虛無，後來卻偏執地迷戀上魔劍七殺天凌而還俗成殺人魔妻震戒，最終更與劍殉情，達到戀物的顛峰。既然所有概念都無法背離自己的反面，那又何必較真？還不如率性浪遊。

（原刊於二零一九年五月二十七日網上文學平台「虛詞」專欄「青海波文香」）

小丑踩球

我們站在地球上，如同小丑踩球，前行而必須保持平衡，把星晨輾進被遺忘的時間，避過飢腸轆轆的黑洞，來到此時此刻，戰鬥未曾停止。眼前的現實就是昨日的賽果，被排除的無數未來像培育失敗的怪物，被棄置於杳無人煙之荒原，成為一座意義不明的遺跡。戰鬥殘留的密集疤痕被當作無法解讀的文字，把過去的希望封存，縈繞的只有燃燒不盡的肅穆散發的淡薄氣味。

這些日子以來，幽深的黑夜爬滿了現實的裂縫，傳來某種不知名機械的運轉之聲，你看不見它，只能想像各種由此而來的破壞。我想起動畫《地球防衛少年》中被誤導簽訂參加生存遊戲的一眾少年，每次揀選一位坐上巨型戰鬥機械人Zearth，與來自平行世界處境相同的對手展開地球淘汰戰，在四十八小時內無法擊倒對方，自己的地球便會立即毀滅，而由於機械人以生命為燃料，每場戰鬥消耗一命，故不論勝負，等待駕駛者的都是必死的宿命。在如此嚴酷的規則下，無生可貪，無死可怕，把內在的善與惡直接投射在行動上。有在大限前盡情滿足慾望而引火自焚的狂妄之徒、有趁機復仇卻被命運作弄，最終飲恨而亡的性侵受害者、有願意在死後把心臟獻予患病友人的善人，亦有因母親嘗試自殺而一度懷疑守護不完美的世界之意義的厭戰者。不管每個人的選擇如何，無情的淘汰機制依舊按照自身的法則運作，如一塊無字的墓碑，單是豎立便暗示着犧牲的不可避免。在嚴峻的處境中，戰鬥並不只限於駕駛倉內的二人，地球上所有人所說的每句話語、所做的每個手勢都免不了成為武器。作品的日文原名是「ぼくらの」，直譯就是「我們的」之意，我們的世界、我們的地球、我們的戰鬥，無人可以獨善其身。

今天我們依舊站立着，在這個不完美的世界，每每在將倒未倒的邊緣掙扎，搖擺中前行，不知道目的地。終於，來到了一片無名的的墓園，舉目是骨牌般整齊排列的無字石碑，它們也許屬於我們的先烈、也許屬於我們的夥伴，也許屬於我們曾經的敵人，也許是為我們預留的。它們像沒有眼睛的怪物，以空無一物的肚腹攔阻在前，敵意的氛圍使我們顫抖停步。然而，惘然過後，我們依舊踩着球前行，發現身體竟能穿透過重重石碑，不知道是我們已成亡靈，還是闖進了幻境。但這些都不重要，只要不停下來，就不存在終點。此時此刻，戰鬥未曾停止。在生活瀰漫着恐懼的日子，我播放許久沒聽的《攻殼機動隊S.A.C. 2nd GIG》電視動畫主題曲「rise」，讓它蓋過機械轉動的聲響，驅散一切的虛怯。

（原刊於二零一九年八月十二日網上文學平台「虛詞」專欄「青海波文香」）

聲之網

我從小就對聲音相當敏感，最討厭聒噪的人。偏偏母親是個大嗓門，又愛大驚小怪，平日裏掉了根葱、砸了個碗都少不免大呼小叫一番，吵起架來更是猶如炮彈轟鳴，不光是挨罵的人遭罪，凡是被聲浪波及到的人無不心煩氣躁。記得高中的時候，有次跟朋友通電話，本來言談甚歡，對方忽爾有些畏縮地問我：「現在是否不太方便說話，要不等下次……」細問之下才知道母親在廚房裏跟外婆閒聊，一激動就放大了嗓門，加上說的是旁人不明白的上海話，讓話筒一端的同學以為我家有人在爭吵，讓我非常尷尬。後來家裏養了學話的鳥，情況就更糟糕，那鳥短短幾個月就學會傳神地再現母親的嗓音，結果兩個大喇叭你吼我我吼你，吼來吼去差點把我耳膜吼破，幾年後父親在離開前硬要送走那鳥，或許可視為他對隱忍多年之聲音暴力的反撲。我一直無法理解母親何以非得如此狂暴地擴展聲音侵擾他人。

即使步出家門，我還是無法逃離那無處不在的噪音。我所處的城市是一個雜音之都，所有情緒和秘密均會轉化並滙聚成洶湧的市聲，任何人只要踏足此地，便無可避免地深陷巨大的聲之網，並逐漸學會在倦怠中吐絲，與其他網內人糾纏共生。比方說，幾年前樓下搬來一戶年輕夫婦，雖然素未謀面，但憑藉日夜往上傳送的聲音，我被逼成為他們不如意生活的見證人。某個大年初三，那丈夫突然找上門來誣揑我家掉煙頭，一看還真人如其聲，粗野狂躁，不通人語，只是一想到他被妻子質問為何沒有家用時閃爍其詞的窩囊狀，也就能不卑不亢地對付。

那年京都短居可算是我少數耳朵得享安寧的日子。細想下來，與該地相關的聲音記憶就只有規範的公車廣播、輕快的商店音樂、宗教祭祠的樂聲和鴨川上淙淙流水沖刷石龜之聲。以至我後來教日語時，每逢教到形容詞一課，總是在白板上寫下「京都は静かですが、香港は賑やかです。」（京都寧靜，但香港熱鬧。）這樣的例句，從未覺得不妥。京都好像一隻烏龜，而且是石龜，烏龜沒有聲帶，大多數的時候都不怎作聲，石頭造的龜就更沉默了。不過在一些特殊的情況下，烏龜也是會發聲的，像是交配或是得了肺炎，牠們因為氣喘，會將空氣從肺部擠出，從而產生聲響。京都也並非只有壽岳章子筆下溫柔婉約的古樸風情，小說家貴志祐介就曾寫下以京都為背景的驚慄小說《黑暗之家》，描寫任職保險從業員的若槻慎二與偽造兒子自殺以騙取保險金的變態人格者菰田幸子之間的殊死角力，據說作品是以小說家早年任職保險公司的經驗為靈感寫成，而當年他服務的公司也確實位於京都。

小說最令人觸目驚心的並非主角與兇手搏鬥的場面，而是兩次暴風雨前夕，由聲音引起的恐怖感。一次是若槻發現菰田私闖居所肆意破壞，便利用電話監聽她的一舉一動，聽着喪心病狂的菰田以利刃劃過布料的聲音，卻無力阻止，又懼怕隨時被發現。另一次是同事高倉嘉子致電若槻時背景可疑的電車聲與「枯葉聲」，揭示了她正被菰田以大刀脅持的可怕處境。以上兩個情節在日版《黑暗之家》改編電影中均有呈現，但在香港版的《死因無可疑》中，前者變成了兇手在視像鏡頭前揮舞刀子挑釁，後者則完全被刪除，實在讓我感到意外。難道是因為京都的安靜才能襯托出異常之音的恐怖，而香港駁雜的市聲卻消解了它的突兀，使之輕易被忽略無視？

此刻，我再次身處市聲鼎沸的城市，噠噠地敲擊鍵盤，搜尋與聲音有關的資訊，以及如何與難以忍受的聲音對抗，或是和解的方法。

「在印度脈輪系統中，與聲音有關的是喉輪，代表的符號是十六片花瓣圍繞包含倒轉三角的圓，顏色是鎮靜的藍，主宰着創造、表達與交流。當一個人喉輪沒有阻塞，能量平衡的時候，便擁有命令現實實現的能力。」

為了擁有命令現實實現的能力，我堅決要學會駕馭聲音。當我來到聲音治療課程的教室，即被豎立在中央那個染有彩虹光暈的巨大銅鑼所震懾。「在這個房間內，沒有人可以逃離它的震頻。」老師看到我驚訝的表情後，會心微笑，主動提議演示敲擊銅鑼。來自深海般的震動一波波襲來，從腳尖到頭頂，從皮膚到骨骼，即使捂着耳朵也無法隔絕，這並非單純的聽覺刺激，而是必須以整個身體和靈魂來感受的聲音。

然而，我尚未有信心駕馭如此強大的工具，所以便先由輕巧的音叉開始。音叉與銅鑼截然不同，每次只能對一人使用，不論是敲擊發出的聲音，還是放在身體上刺擊穴位的震動，都只有接受治療者能充份感受，治療師無法與之共感，操作上有種摸着石頭過河的不確定感。敲擊的輕重、停留的時間、放置的距離，只有在練習中不斷摸索才能逐漸掌握。為了熟習這門技藝，我不得不徵用母親的身體練習，她竟少有地安靜。在不斷的敲擊中首次用言語以外的聲音與這具身體溝通，由此發現各種平日忽視的微聲細語：氣泡在胃部咕嚕作聲、骨關節扭動的啪啦聲、呼吸時胸膛起伏磨擦衣服的聲音等。我不禁重新審視這具既熟悉又陌生的身體，思考其中尚有多少未被聽見的聲音等待被聆聽，它們各說各話，彼此衝突，也許這種內在的虛怯與不安最後只能以如同嬰孩暴烈哭聲的大嗓門壓抑。我把音叉垂在她腦門之上，轉動如嬰孩的床頭玩具，慢慢多了幾分憐憫。

（原刊於二零二二年七月文學雜誌《字花》第九十八期）

少女與不怎麼少女的時代之淚

在社交媒體上看到許久不見的中學同學在為十歲的女兒慶祝生日，才意識到自己的年歲。月圓了又缺，缺了又圓，轉眼間我也逐漸步入中年，也應該更長進一些。不同地域神話中都有三相女神的說法，意指女神擁有少女、婦女與老嫗三種形態，對應着月亮的三個週期變化階段：月盈、月圓與月缺。處於少女的狀態就意味着擁有青春與擴展的潛力，而我認為相較於鮮嫩的肉體，擁有年輕的精神面貌才是少女的指標。

不成熟的靈魂雖有些輕狂卻也坦率，縱然有時會因沉不住氣而失了分寸，魯莽行事把自己置於險境，或造成不可逆轉的後果，但也不會一直消沉，總會找到專屬的轉化之道。即使是那位宣稱自己的編織技藝勝於雅典娜，因傲慢而見罪於女神，受懲罰被變成蜘蛛的少女阿拉克涅亦然。她的懲罰為其帶來跨物種的成長，使之可以一生懸在半空編織精緻的幻夢，免於長成沉悶的大人，換個角度來說也算是一種另類的祝福吧？

年輕的心渴望冒險與新發現，例如一場永不終結的旅行，也只有虛構敘事才能成就永恆的少女，讓她們在各自的舞台展露出巨大的創造力。例如我非常喜歡改編自日本作家時雨澤惠之輕小說的動畫《奇諾之旅》，出生於大人之國的少女因為拒絕接受滿十二歲必須通過手術除去腦中「小孩」部分的家鄉習俗，繼承為拯救她而喪命的旅人奇諾的身份，騎着會說話的摩托車漢密斯遊歷各國。新的歷險鍛造了少女，而少女的到來也為那些國家帶來衝擊，有時候甚至到達瓦解既有體制的程度。又例如改編漫畫家つくみず同名作品的《少女終末旅行》動畫中的千都和尤莉，在末日後的廢墟中駕車旅行，對於消亡的文明遺留下的尋常事物，如照相機、飛機、口糧製造機等都表現出相當的好奇，甚至在再無人居住的空置住宅大廈中構想一個不存在的理想居所，以自身的微小行動為死寂的世界創造意義。

以上所提及的兩部作品雖在我看來均以少女為主角，但似乎並不怎麼被當成「少女動畫」。「少女漫畫／動畫」的定義本身就人言人殊，是專為少女而設的作品？是以少女為主角的作品？還是在情節、故事、主題、畫風上必須具備某些特質？又或是將之作為一種類型持續創作的作者的所有創作都自動歸入此類？一時間無法梳理清楚，我向來不喜歡用年齡或性別來規限生命的可能，也不太傾向用描述特定年齡階段或性別的標籤來分類作品，不過如果一套作品被業界和大眾歸屬「少女向」，可從中觀察他們對於「少女」或「少女特質」的理解。反過來說一個生理上屬於少女的人對於公認的少女向作品的接受程度，也可反映她的一些面向。因此對於過去的觀影經驗的反思，也是對自己的成長的檢視。《不思議遊戲》和二零零五年版《玻璃面具》這兩部經典少女動畫作品雖然題材相異，卻都是我從前下課後的精神食糧。

《不思議遊戲》講述兩位少女被一本名為「四神天地書」的奇書吸進了一個由四神支配、中國古代風的世界，因緣際會成為了兩個敵對陣營的巫女，為了召喚出各自的神獸實現願望救國而鬥爭。年少時看覺得劇情高潮迭起，緊張刺激，片尾曲「心跳的導火線」的引子部分更是至今為止聽過最性感的音樂前奏，每次聽見都會心跳加速，熱切期待下集內容。及至成年後在京都遊遍代表青龍（八坂神社）、白虎（松尾大社）、朱雀（城南宮）和玄武（上賀茂神社）四神獸的神社，也算是一場兒時回憶的紀念小巡禮。只是回想起平庸自私又見色忘友的主角美朱對周遭男性莫名奇妙的吸引力（除了集體中降頭我找不到其他合理的解釋），以及她與鬼宿看似轟烈實則毫不動人的愛情，由始至終無法代入。如此可厭的女子，竟可教一眾善良的配角捨命守護，實在毫無天理。

二零零五年版的《玻璃面具》是關於出身寒微，個性自卑卻擁有演戲天份的北島真夜，一朝被知名女星月影千草發掘並用心栽培，因而踏上了演藝之路，在追夢過程中經歷家庭、事業、友情、愛情各方面的挫折，並與家境富裕的劇壇明日之星姬川真弓為競逐成為月影千草的接班人，得到出演傳奇角色「紅天女」的機會砌磋演技、共同成長的故事。兩位年輕女演員的表演形式多變，常有出人意表之處，遠比起舞台下真夜與她的紫玫瑰先生（速水真澄）老土狗血的情愛糾葛更教人着迷。（在我看來真澄匿名送紫玫瑰的行為，與《美少女戰士》中，禮服蒙面俠在戰鬥關鍵時刻擺姿勢投擲幾枝作用微弱的玫瑰同樣尷尬）。尤其是眼見真夜在舞台上展露的自信與渾然天成的演技與其窩囊怯懦的日常形成鮮明對比，年少的我就變成了比月影千草更嚴厲的老師，希望真夜永遠不要脫下玻璃面具，不要從舞台返回日常。

然而如今經歷的事多了，對於當中的瑣碎情事卻有了不一樣的體會。如果沒有舞台下那些情感與生活的波折，也就無法成就舞台上光彩奪目的演員真夜。真夜的對手真弓，這位除了演戲就甚麼都不放在眼裏、猶如機械般冷酷高傲的天才女演員，在演感情戲時就有感自己吃虧在沒有戀愛經驗，無法把握其中要粹，還為此找了個對象逢場作戲了一番。也許有一天我會成熟到可以體諒美朱的任性和幼稚，如同現在能理解真夜和真弓的執着與掙扎，就像一位飽經風霜的母親，可以容下一切難容的事。不過在此之前，我還是先把我的漢密斯從石屎森林中喚醒，騎着它在無人知曉的荒野中再多繞幾個圈。

（原刊於二零二四年二月文學雜誌《無形》第七十期「進擊的動漫」）

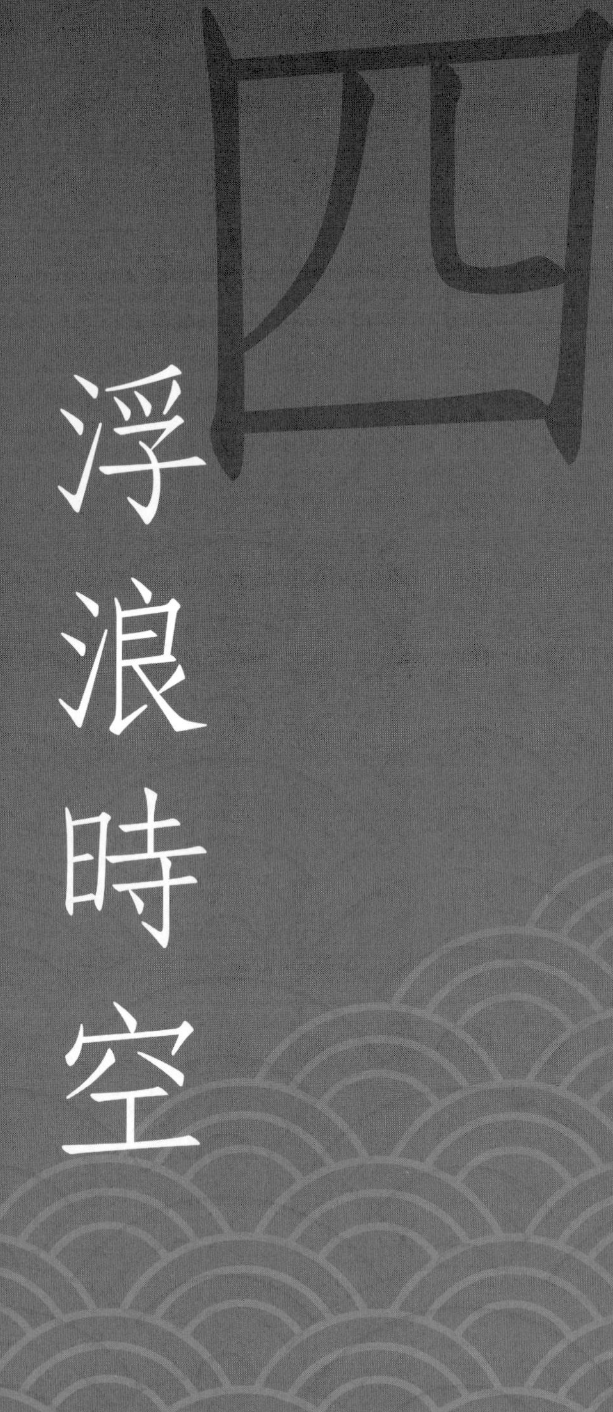

四 浮浪時空

「而我沾染了兩種海的情緒，一時間沒有退潮的意思。在兩片海接觸的一瞬間，風停頓了一下，這個不經意的休止有着不可解的秘密，無法言傳。」

〈行走在阿蘇海與宮津灣之間〉

行走在阿蘇海與宮津灣之間

第一次走過長滿松樹的那片沙洲，阿蘇海在我的右面，宮津灣在我的左面。第二次走過長滿松樹的那片沙洲，宮津灣在我的右面，阿蘇海在我的左面。行走是一面鏡，走到鏡前彎下腰，自胯下透過屈曲兩腿形成的另一面鏡，照見了通往天國的橋樑。折返時便走進鏡裏，倒置生死。這是一個設置在每個行者腦中的抽象小機關，功能如同為了運輸之便在沙洲南端挖掘的人工河道上架設的機械橋，一個水平旋轉，天翻地覆。天橋立是個弔詭的概念，你行走在其上只為了到達另一端去窺看它的鏡像。行走在阿蘇海與宮津灣之間，我總是思考着要在哪一個位置變成一棵怎樣的松樹，在這達成以前我只會是一個無名的行者。風吹過松林發出一浪浪沙沙的聲響，是海的方言，阿蘇海與宮津灣的低語，我未曾聽懂，絕非日語未臻完善之過。沙洲中段被稱為磯清水的古井，連着的地下水脈是淡水，說明沙洲左右的兩片海並沒有暗渡陳倉，阿蘇海就是阿蘇海，宮津灣就是宮津灣。天橋立不是被稱為維諾或格勒諾的海島，無關等待無關愛情，往復只是一個人的輪迴與修行。

我在傘松公園遇上了華蓮，一個有着黑卷髮的內斂美國女孩。她告訴我與朋友駕車另闢蹊徑到來，並沒有徒步通過沙洲。她自帶的帳篷設在了視野遼闊的臨海之處，將要見證兩海一沙洲融合成黑夜的降臨。她也喜歡山和海，但她不像我般愚魯，拒絕花費二百日元向海祈求希望。當我投擲的三枚白圓瓦片無一成功穿過智慧之輪而相繼落空後，她攤開雙手一副早已預料的淡漠表情。我知道飛瓦入海只是一個視覺幻象，那些失落的希望大多埋葬在山下的泥濘裏，但我仍然決定讓自己看見這片風景，確信是修行的一部分。近四小時一趟的車程使我注定只能看見海午後寧靜的這一面相，為了彌補這個缺失，我罕有地買了一疊四季觀光明信片。礙於時間倉促，我在與華蓮相認後不久便要告辭回程。她錯愕的表情使我一度擔心這是個惹人誤會的錯誤決定，但在我告知她自己將要徒步穿越松林追趕數小時一班的特急列車，並婉拒了她善心提出乘搭快艇的建議後，這個友善的美國女孩還是向我展示了一個支持的單臂舉重手勢。華蓮會代替我看見阿蘇海、天橋立與宮津灣的其他面相。古往今來，眾多行者的視線構成的複眼從沒有停止觀看這兩海一沙洲。觀海者是隻專注而長壽的蒼蠅。

下山時我始終沒有選擇乘坐空中吊椅，是否代表我仍未有足夠的覺悟？我不知道。缺乏下墜能力的人必定也無法飛翔，所以我只能行走。這次我刻意偏離松林，沿着沙灘行進，沙子過於幼細，無法留下清晰的足印，我閉上眼站在原地轉圈，一圈、一圈、一圈，繞着想像中的智慧之輪轉三圈，張開眼，我正面向海，但分不清那是阿蘇海還是宮津灣，前方的水中有一白衣女子走來，一個浪捲來便消失無蹤，原來只是陽光與流雲的把戲。那影子讓我想起那個被拐賣、最終客死異鄉的安壽姬。這沙洲是兩海間最短的距離，跨過去就是別個人間，你始終沒於逃出來嗎？都已經過了這麼久了。肉身朽壞僅存逃走的意志嗎？在這個神奇的鏡世界裏，說不定真的有跨越生死界線的可能，所以才有持續作祟的理由。我還是回到松林走正道就好，畢竟水流動的特質本就容易招惹迷途的怨靈。我數算着命名松的數目，來的時候是多少，去的時候就有多少，一棵不多、一棵不少。穿鏡而過的行人沒有一個留下來，鏡裏的人也沒有離去，確定平衡沒被打破後，我心裏稍安，若無其事地繼續行走。照鏡是種沒有人會認真看待的降靈術，即使瞥見了甚麼異樣，也是稍縱即逝的，無傷大雅。

我無法前行不是由於雙腳疲憊，而是橫在面前的機械橋開始轉動如旋轉門，觀光客們沒有因被中斷進路而不滿，反而興致勃勃地取出智能電話拍攝橋活動的姿態，彷似遇見特備的機械舞姬水上表演節目。阿蘇海與宮津灣短暫地連結在一處，乳白色的觀光船開過去，那機械橋再次旋回來。人們高高興興地踏橋而過，走向食肆、走向紀念品店、走向各種名勝。而我沾染了兩種海的情緒，一時間沒有退潮的意思。在兩片海接觸的一瞬間，風停頓了一下，這個不經意的休止有着不可解的秘密，無法言傳。零星的海鳥立在兩片海的遠方，像黑色的、小小的豆芽，又像無聲的音符，安靜地捕食，不咀嚼，舉首吞下海裏的甚麼，每一下低頭都吻着自己的倒影。我在橋上觀看海面反映出自己的影像，像玻璃克莉亞觀看自己冰封的肉身。頃刻間，我有了新的想法，善變如海正是人的常態。把你留在這裏吧，作為我重回的一個理由。我這就回去，好好工作，積攢旅費，在正式把你迎回以前，任何海潮所及之處都會勾起我對你的思憶。你將通過耳濡目染習得阿蘇海與宮津灣的語言，而我會在藍巴勒海峽的輕嘆中等待重逢之日的來臨，海的低語將在我身體裏滙流成新的靈魂，完成海的降靈。

頭也不回，跨過橋去，我自此是身輕如鴻毛，無所顧慮。舉目所見是智恩院門前高掛的大紅獻燈、觀光商店前親切地招着手的店員，身後露出乾燥海洋生物製品堆疊的一角，還有狹小的智慧餅販檔。我上前點了一客，拆開包裝是木盒盛着綿密的一方紅豆蓉甜海。說是紅豆，卻是深藍的一片。我坐在小小的店裏，觀望途上眾生如同地藏。雨啪啦啪啦落下，騎腳踏車穿中學校服的畢業旅行者放開手把高舉雙手，呼喊着萬歲，三三兩兩滑行而過，消失在迷霧當中。剛剛還熱鬧非常的小天橋幻化成斷橋，另一邊的世界再也看不見。我以木籤翻搗豆蓉，剔起其下的白團子，把它們甩在小碟上，像個大豐收的漁人。雖然天氣變動如斯，我卻打從心底確定華蓮所處之地陽光燦爛，她需要一瓶太陽膏遠多於一把洋傘，來時路早已決定沿途風光，至少此刻我心穩如磐石。雨停後，行人的身影掩映於水窪，處處都是我，處處都不是我。

回程的列車上，窗外雲海有琉璃光流灑，頸上有一圈涼意。這才記起沙洲彼岸元伊勢籠神社轉角處稍作流連的寶石店，像一面海水洗刷過的純白之牆，殘存着點點晶鹽如星塵。我在老去的海的女兒面前低頭，讓她把一串淚落在我頭上。本是輕微如無物，在歷盡劫難後修成正果，聚結成沉甸甸的一環石。我從波紋風呂敷包袱中取出一小面鏡，鏡中的石環晶瑩剔透，流光轉動若水。在頃刻之間，把我帶往過於耀眼的世界去，在那裏，甚麼也看不見。

（第二屆香港文學季「海」徵文比賽冠軍作品．二零一六年）

風鈴燈之夕

愛麗絲光是盯着玲音的木屐就把玲音給盯紅了臉。玲音以為愛麗絲看出她的木屐是天神市買來的廉價二手貨，明明她已努力把卡在底板海綿裏的小石子拔去，但走路時疲軟的鞋底碰撞地面發出悶悶的聲音仍出賣了她。玲音不知道這是愛麗絲在參與下鴨神社御手洗祭時刻意掉進水中的木屐。

玲音光是晃動一雙木屐就把愛麗絲給嚇破了膽。愛麗絲以為玲音是溺水木屐的鬼魂，她聽說鬼魂比身體輕，力氣卻比生人大，可以提起身體到處飄盪，暗忖木屐鬼把本體穿上、幻化成人還真為妙為俏。高野川側開業一甲子的餐館羅生門店主的女兒愛麗絲還未認識賀茂川側百年東洋亭的女招待玲音。

玲音是為了要在京之七夕取得僅向和裝來賓派發的電子小燈籠而添置這雙木屐的。愛麗絲則是為了要在京之七夕穿上新木屐而刻意把這雙木屐遺在御手洗川的。玲音穿上了木屐卻沒有得到燈籠。如願穿上新木屐的愛麗絲取得了最後一盞燈籠，轉身卻看到舊木屐的鬼魂如影隨形。

愛麗絲並非從未看到過木屐上的一雙腳。她曾經與一伙同學到東洋亭用餐慶祝生日，向當值女招待點過一客布丁，但終究未能嘗到那滋味。因為當女招待奉上布丁時，少見多怪的同學在一旁起哄：「五百日元一客的布丁耶！」驚嚇了對方，一不留神便把布丁栽倒在亮面黑皮鞋上。愛麗絲與女招待交錯的道歉難分你我，卻沒有人驚嘆世上竟有如此相像的聲音，大概兩人都以為聽見了自己的回音。

玲音並非從未想過進入羅生門一窺究竟。有次她騎着腳踏車沿着高野川畔趕路，看見馬路對面有家黑黑的小房屋，門上掛着一個巨大的夜叉面具，在寧靜安恬的的街角一隅蔚為奇觀，不禁停下來佇足觀察。她想到新來的經理如果不好相處的話或可試試轉到這個店服務，只是不知在這裏工作是否要戴上與店外高掛的一式一樣的夜叉面具。可惜店內昏暗的燈光與門前展示的 CLOSE 牌子婉拒了好奇過客進一步的探索。

這時店主的女兒還未下課。

玲音不明白愛麗絲所以自她身邊逃開，並不是因為嫌棄她背上打歪了的文庫結，事實上愛麗絲自己腰間綁的是在UNIQLO購入的簡易現成半幅帶結，並不需要掌握任何付着技術也可穿戴。愛麗絲所以自玲音身邊逃開，是懼怕木屐鬼跟隨她回家，向父母告發她以一場意外掩飾自己刻意謀殺的圖謀。那雙不久前才購入的新木屐之收據還好好地夾在媽媽的皮包內，在今夜過去以前，還可到四條高島屋百貨第五層的吳服部退貨。

愛麗絲不明白玲音所以緊隨其後，並不是要向高野川畔羅生門的店主告發愛麗絲隨意糟蹋舊物，掃她賞燈遊樂的興致，事實上玲音只是一隻被幻麗彩燈所惑的飛蛾，愛麗絲手中的亮光比起玲音在參與六月下鴨神社舉辦的螢火茶會時能看到的任何一點螢火更璀璨。愛麗絲若是不貪戀魅幻，把燈籠電源切斷，她便會移情其他流螢，二人不久就會相忘於江湖。

愛麗絲為了躲避木屐鬼，蹲到一個風鈴燈的背後，隔着竹籠觀看木屐鬼的水玉小紋浴衣下擺被吹開。木屐鬼被一盞小風鈴燈絆倒，隨風滾到了鴨川邊，左腳的木屐飛脫入水，如小舟飄浮，航向三條大橋，一眨眼便消失了蹤影。愛麗絲看着木屐鬼把髒污的二趾襪拉下塞進腰帶與前襟間的夾縫內，光着腳丫子一拐一拐怪可憐的。她猶豫了一下，最後還是自風鈴燈後站起來，懷着歉疚來到鴨川邊把木屐鬼攙扶起來。

玲音與愛麗絲並排而站，同時望向雙方的木屐，不約而同地嘆息。愛麗絲忽發奇想，解開了腰間的紫白亮鑽花帶締，彎腰把自己的右腳與玲音的左腳綁在一塊兒，再把末端繫在自己右腳的木屐上，成二人三足狀。玲音與愛麗絲肩靠肩，在風鈴燈的照耀下順着鴨川摸索回家的道路，傾聽對方的私語如同自省。沒有人能確定她們會在鴨川三角州的分岔口上挑選哪一條分支，但至少二人在通過三條大橋、二條大橋、荒神橋和賀茂大橋底下時會一路相濡以沫。在這個風鈴燈之夕走到盡頭以前。

（第四十三屆青年文學獎小小說公開組季軍作品・二零一六至二零一七年）

穿青海波紋的女人

裏語言

每個城市都有她不作外傳的「裏語言」，能將之細心把握習得的上道者不多，有的人即使在一個地方生活上半輩子，還是對此無知無覺。這些人的生活就像沒花心思寫成的學生作文，不管題目是甚麼，他們總有辦法把同一個書寫模式套到所有的語境裏，不會針對題目的特點創造出切合的內容，不論要求描寫的是「咖啡廳」、「快餐店」、還是「烏龍麵店」，在他們架構的場景裏，店家提供的食物就像都用糖和麵粉造出來的贗品，表面上形態各異，實際上味道單一。服務員雖然穿着不同制服，按着各店家的培訓，提供符合該品牌形象的招待，但其實都是就讀附近同一所學校的工讀生，下班後便拋開那幾句機械式重複至變了調的敬語，相約一同唱卡拉OK。這些沒有在靈魂層面上與城市連結在一起的人，就像一棟大宅中各自為政的房客，在把鎖匙掉進門外的信箱離去後，他們不會再記起房間的形狀。人對環境的觸覺是流動的，若存在於城市裏的個體內在不存在城市，也就無法與之共感。

一位在我故鄉打工渡假的台灣朋友認同這是個有質感的城市，但也承認「工作的時候，我感覺不到京都的存在。」掛在辦公室牆上的時鐘量度的是工作間的步速，窗外的時間則以完全迥異的方法間隔刻度，擁有區分兩者的意識便算初步跨進掌握「裏語言」的門檻。尤幸，我在少年時期經常流連的一家烏龍麵店裏遇到過不少上道者，在他們的薰陶之下，漸漸開竅。他們告訴我，女人是這個城市的語素，她們是時間的魔使，要仔細觀察，讓她們散發的氣場感染你的情緒、充滿你的精神，直到你開始不由自主地一遍一遍講述她們的故事，你的身體裏便形成「裏語言」的循環，可以照見物事醞含的更深層訊息。久而久之，我雖天性遲鈍，卻也至少學會從那些匆匆而去、精緻如陶瓷的古風女子的髮飾中，讀出季節的更替，不再仰賴月曆。我也暗中從那些潮汐般來了又去的食客的口中，剽竊各種重回這座城的藉口，其中最美麗的也是我反覆使用最多的一句是：「總是總是，無法忘懷，鳥與風與天空的悲傷，還有那個穿青海波紋的女人。」說的時候幾乎分不清是在鸚鵡學舌，還是在傾吐自己的真情實感。然後，我也開始訴說那個穿青海波紋的女人的故事，一遍一遍，像是我親身經歷的一樣。

穿青海波紋的女人經營的烏龍麵店搬過幾次，最開初是在銀閣寺道的路旁，鄰近二零四號公車的候車站，每月到了二十五號天神市集舉行的日子，大量在該處候車前往北野天滿宮的遊人總是把店家門前的空地擠得水洩不通。每當人群堵塞了通道，妨礙到食客出入的時候，那個穿青海波紋的女人就會親自端着一個載滿清茶杯子的盤子，撥開布簾，晃晃悠悠地走向人群，像個踩鋼索的雜技演員。杯裏的清茶隨着她的步履飄盪翻起浪花，如一窩嗷嗷待哺的雛鳥張嘴向天伸舌討食，空氣裏彷佛充滿了吱吱喳喳的聲響，教人頭皮發麻。在眾人弄不清女人葫蘆裏賣什麼藥時，她緩緩地用那細長的手指抓起一杯清茶，大幅度地擺動手臂，伸向人群，一些清茶隨她寬大的袖子一起飛揚，濺在一些人的臉上、衣領上、嘴唇上。「來，客官，用杯茶吧！」聽起來竟像咒語。人們不約而同地向馬路靠去，騰出一大片空間，如同被摩西分隔出走道的紅海。從來沒有人接過那杯茶，大家都生怕那是個陷阱，在觸碰的瞬間，那口杯子會隨即崩裂粉碎如塵土。

無他，穿青海波紋的女人所到之處，總是魅影重重，她的一舉手一投足都像是遙遠國度的投影，本體根本從來不在眼前。你們或會問，這個穿青海波紋的女人究竟長相如何？為何每每要強調她的衣着特徵，而非其他？請容我稍作解釋。穿青海波紋的女人顧名思義，就是個長年穿着一件染淡紫青海波紋和服的女人，她非常纖瘦，而和服有點過大，為了貼服包裹身體，那下裾摺疊的位置翻得太過去了一點，邊線無法與右腳分趾襪上的姆趾分線對齊，看上去稍微有些不合體統，卻因着女人自身的清冷氣質，還是不出端莊的範圍，教老派的太太心裏嘀咕卻又不敢明言。就如同一臉嚴肅的人即使做着滑稽的事，旁人也懾於其氣場而不願多管閒事，總以為對方行動的背後有着深不可測的理論支撐。和服是種不顯身材的衣着，高瘦的女人被裹在裏面，活像一尾直立的秋刀魚。而穿青海波紋的女人說話又像檸檬片，酸溜溜的，她總是用哀怨的語調責怪店內另一個穿紅色小松紋和服、有着一張娃娃臉的妹妹：「唷，怎麼這客人光吃生魚片，不配個酒甚麼嗎？」表面上是責怪店員侍奉不周，實際上是表達對吝嗇客人的不滿。既不直接開罪客人，又可解氣，何樂而不為？臉皮稍薄的客人早已臉紅耳赤，急急結帳離去。能經受得住調侃，懂得欣賞這秋刀魚配檸檬片的滋味，才能成為店裏的座上客。吃她這一碗烏龍麵要比任何時候都用心，穿青海波紋的女人鮮有與食客交流，可是她愈不跟你對話的時候，就是愈有話要跟你說的時候，你要無比用心、無比專注，才能聽出每個弦外之音。也許是因為這樣，穿青海波紋的女人經營的烏龍麵店即使門庭若市，還是鴉雀無聲。來光顧的食客彷佛都是異國的幽靈，不通曉人世的語言也無法彼此交流。

魚

那時我還在京都市立北白川小學上學，因為家住銀閣寺附近，所以每天必須循白川通，往北走到學校，經過穿青海波紋的女人經營的烏龍麵店時，通常都還未開始營業，下課的時候則已打烊，甚少與她打照面。父母沒空的時候喜歡把我托給附近商店街的檔主照顧，有關穿青海波紋的女人的事情，大多來自鄰家幾個不務正業、又愛好翻唇弄舌的叔伯父老。除了一個魚販子大叔，他從不談烏龍麵店女主人的事情，只愛說一則有關雞妖化成美男，夜裏潛入民宅誘惑閨秀的故事，反覆說了一遍又一遍，好像不講這個就沒話可說。閨秀每夜有神祕美男到訪，一宿纏綿後蒸發如露，日間思憶成疾，茶飯不思，愈見憔悴。後來有人想出一法子，教閨秀收起男子的衣物，使他羞於裸身無法逃去。閨秀依計行事，怎料男子一待清晨便化成一無毛雞死去，閨秀大驚，取出收藏的衣物一看，竟是一堆羽毛。

不知為何，他說的明明是個不相干的故事，我腦海裏浮現的還是那個穿青海波紋的女人，想着如果把她那一身青海波紋褪去，到底會剩下甚麼。我想像粗獷的魚販子大叔按住女人，熟練地用刮鱗刀像剃鬍鬚般除去她一身的波紋，再自腰背剖開其身體，掏出氣球般的鰓子，還有一串黑黑的魚腸，再剔出白肉，以魚生刀切成薄薄的一片，在長形的清水燒碟子上交疊排列成海波形狀，他沒有用筷子，也沒有沾檸檬汁，徒手用粗黑的食指與姆指夾起一片便往嘴裏送，然後我便開始嘔吐，覺得好腥好臭，明明我沒有吃下任何生魚片。也許因為如此，我與魚販子大叔終究不是太親近，也不怎麼碰他提供的飲食，後來他再也提不起勁給我說故事，總是把我安置在店裏一角的暖桌上寫作業，自己悶惱地跑到門外抽菸去。

這個奇怪的聯想一直纏繞着我，在升上小學六年級的暑假，我為了完成一幅寫生作業，來到了位於出町柳附近的鴨川三角洲。在距離烏龜石不遠的岸邊選了一個景觀不錯的位置坐下，把背包轉移到胸前，取出畫具與食物，準備長期作戰。我剝開在便利店買的一個炒麵麵包，把討厭的紅酸薑絲挑去，大大的咬了一口。扭開一百八十毫升裝的長野縣梨子水，擱在一旁先不喝，待碳酸氣跑光。現在想來，當時的我除了愛胡思亂想，還真是個挑剔又麻煩的小屁孩。我從早上待到下午，一直拿不定主意到底要畫甚麼，要不是嫌水流過急，波紋難畫，就是嫌聚集在水中的鴨子分佈過於密集，構圖不好看。在我附近坐着談心的情侶已轉了三組，我還是無法動筆，開始有點厭煩自己，鬱悶地抓起保特瓶猛灌，卻發現瓶子早已空空如也，不禁發晦氣把瓶子拋了出去，那瓶子落在水中浮浮沉沉，最後卡在一塊烏龜石的頸下，不再移動。沒想到接下來竟是一切的轉捩點，一個人影在灘上冒現，就是那穿青海波紋的女人，我怔住了，剛才怎麼完全沒發現她，大概是視覺的盲點使然，她也許一直蹲在灘上檢拾着甚麼，那保特瓶落水的聲響引起了她的注意，便站起來張望，尋找問題的根源。她把和服的下裾捲起，把分趾襪脫下塞進腰帶裏，左手提起木屐，赤腳跳上河中一塊方形石，低頭掃視水面，沒有發現，又接着跳上一塊烏龜石，重複很多次，在河的兩岸來來往往，始終一無所獲。我的內心乍驚乍喜，驚的是怕她會找到我不良行為的罪證，喜的是我終於找到下得了筆的題材，碳筆快速地在畫紙上消耗，我把穿青海波紋的女人的每一次跳躍都畫進了同一張畫裏，就像每一次跳躍都生出一個新的碎形，由遠至近，或大或小，互相連繫又互不干涉，無聲卻熱鬧，像描繪一場河邊祭典的群舞。這份作業呈交以後一個月，我收到了老師的反饋，他用紅筆圈住了所有烏龜石上方的物體，在畫紙左上方寫上一句批示：「注意比例！」還特意在課後把我叫住，義正詞嚴地教訓我：「這門作業要求就實景寫生，而非憑空創造，雖然鴨川常有各種奇妙的事件發生，例如每月二十二日灘上會被擺上巨型草莓蛋糕模型、清晨時分有西裝筆挺的人士在河中心舉行工作面試等，但依照鴨川這樣的水位，會出現這樣的生物和情景是不合邏輯的吧！」我這才發現我把穿青海波紋的女人直接畫成了一尾尾肥大的魚。

一年四季，穿青海波紋的女人都穿着一件淡紫染青海波紋的和服，風雨不改，從不換裝。我反覆思量，也只有動物會經年披着同一件皮毛，難不成穿青海波紋的女人真的是一尾魚？我把那張鴨川寫生圖貼在書房小小的窗上，太陽照射時透進光來，像一張在紙芝居舞台上展示的畫片。無事的時候我會眼睜睜地盯着它，腦袋放空，那畫片隨着我的思緒變化出許多前因與後果，似乎是一種暗示，在推動我將之實現。於是，一天下課後我沒有立即前往魚販子大叔的店，而是懾手懾腳地跑到烏龍麵店門外，打算碰碰運氣。門外已掛上打烊的牌子，卻喜見裏頭竟還亮着燈。其實我並不十分確定自己想要幹甚麼，只是按捺不住內心的好奇，跟隨直覺行事。我在門外靜候了半小時，裏頭的打掃聲停止，燈滅了，又過了半晌，門簾被掀起，我的心抽緊了一下，連忙躲進旁邊的雜貨店，一個穿着與我姐一樣的高中校服的女生出來了，她有着一張娃娃臉，那大概就是平日在店裏打零工的那位穿紅色小松紋和服的女生。在這以後又不知過了多久，天開始暗起來，還是一點動靜也沒有，我開始慌張起來，思量着若最後一無所獲地撤退，整件事便變得既荒謬又愚蠢，而我還必須為延誤回家構想一個合理的原因。

我為了掩飾自己長久逗留雜貨店的尷尬，隨意選購了幾盒納豆和和歌山產的甜橘，暗中開始編造排隊等候購買特價產品而延誤歸家的借口。當我提着食物踏出店門，因腦中不斷綵排對家人說謊而心神恍惚，只見一個高瘦的身影在眼前閃移，穿青海波紋的女人提着一個裝着毛巾與肥皂的籃子，拐進了內街。我嚥下了一口唾液，用手袖擦拭了一下眼睛，確定並非幻覺，立即跟隨其後。女人進入了一家澡堂，消失在氛氳的水氣之中。我檢看了一下小皮包，幸好錢沒全花在買雜貨上，也就鼓足勇氣，跟了進去。待我披着借來的毛巾，畏首畏尾地進入澡堂時，只見滿室盡是肉騰騰的身體，這些定必都是附近的居民，但在裸裎的狀態下就跟陌生人沒兩樣，失去了衣裝的記認我無法辯別她們的身份，這才發現我對身邊事物的觀察是多麼浮泛膚淺，所有的人於我似乎只是一組組移動的時裝。我只能猜測，穿青海波紋的女人脫去衣物後應該比平常更瘦削，我擠在團團肉迷宮裏，找尋那纖瘦的身姿。時間長了，我發現自己被泡沫與水花誘騙，深陷其中仍不得要領，突然醒悟行動方向出了錯。我應該就自己熟悉的事物入手，而非蹤身躍進危險的幻影之中，於是我悄悄地遠離人群，來到了眾人放置私人物品的儲物櫃前。試探性地搖動一下那些附在門上的鎖，發現只是非常簡單而脆弱的結構，便逐一開啟，像時光旅人打開一個一個的世界，終於在第四行左面數過來第五格找到了我屬意的目的地。我把那件青海波紋的和服小心翼翼地夾在腋下，趁着所有人還沉浸在氛氳的迷離境界之時，匆匆忙忙地逃出澡堂，顧不住頭髮還滴着水便趕回家去。那夜我除了要應付父母的責罵質疑，還要親自前往魚販子大叔處道歉，魚販子大叔明言不會再接受我的托管，但我絲毫不感到後悔。我把那件微暖的青海波紋和服置於榻榻米底下，背脊依靠着它入睡。當晚我做了一個夢，是押井守早期動畫電影作品《天使之卵》的片段，在一個灰暗無光的廢棄城市裏，一群持叉的人在狩獵牆上游弋的魚影，實體的魚無處覓尋，這個片段輪迴播放直至我被鬧鐘吵醒。榻榻米上的腫塊在一夜間消去，我掀開細察，裏面甚麼也沒有。我趕緊跑到烏龍麵店去找尋答案，只見穿青海波紋的女人還好好的佇立在那裏，照樣穿着那襲淡紫青海波紋和服，她正在點算預備金，冷不妨往我這邊瞄了一眼，我嚇得屁滾尿流，像受驚的貓逃竄。

陶泥地藏

穿青海波紋的女人經營的烏龍麵店曾一度消失，在銀閣寺道的原址換上了擁有巨型活動螃蟹招牌的連鎖串燒店，從早到凌晨無間斷傳出烤肉的油香，吸引了大批青年男女前來光顧，熙熙攘攘，好不熱鬧。串燒店的客人毛躁、喧囂，安靜的街區仿似突然冒出一座熱帶雨林，品種繁多的鳥兒拉扯嗓門互相對峙。那些原來烏龍麵店的常客好像與麵店一同憑空消失了，似乎穿青海波紋的女人把店改裝成一艘方舟，日積月累地招攬乘客，時機來臨便默默地啟航，開往時空的黑洞，在到達某個未知的彼岸後重新開業。

那時我剛上中學，到了不再需要託付給鄰居照顧的年紀，家也從銀閣寺道搬到了高野一帶，每天的生活流程有了很多的變化，有關穿青海波紋的女人的記憶漸漸遠去。我的姐姐桂子快將出嫁，夫家在神戶三宮附近，丈夫是個長得像妹尾河童小說《少年H》裏頭的西裝裁縫父親的男人，矮矮胖胖，只到姐姐的肩膀，人挺和善，初見面就塞了我滿懷的百力滋，也許是因為自知人才與姐姐不是太般配，心虛想要補償討好的緣故。雖然親戚裏替姐姐不值的大有人在，父母卻出奇地沒有甚麼意見，見了幾次面，看人還算忠厚老實，便同意了這起婚事。我對此非常驚訝，父母一向對姐姐家教甚嚴，她初中畢業時曾經有過不再升學、進入置屋學習傳統技藝的念頭，也被父母以斷絕關係相脅而不得不放棄，只能歸因於時間對人的改造。一家人為了籌辦婚事大費周章，我的主要任務則是接受一切姐姐無法帶走的東西，包括她的房間、舊校服（我上的是姐姐從前上過的京都市立高野中學）、桌上電腦、一箱和服、兩抽屜的洋服、還有一批不成雙的落單耳環和擺設。我雖然一直窺視姐姐的不少好東西，可是一下子排山倒海地收穫這麼多，還是叫人招架不住。好不容易把姐姐的贈物諧協地與自己原來的東西整理在一起，就在姐姐離家前的一天，她又突然交給我一個綠色麻葉紋的布包。我把它打開，發現裏面是一個陶泥製的地藏娃娃，看上去有點歷史了。我有點好奇，這種東西在京都可以說是隨處可見，但如此精緻的還是鮮少見的，姐姐並不是一個熱衷宗教活動的人，連有名的三大祭也不見關心，怎麼會收藏這種東西？更古怪的是似乎從來不見姐姐把它擺設出來。也許是我的猶豫寫在了臉上，姐姐撫着我的頭解釋道：「這不是甚麼奇怪的東西，是我一位朋友給我寄來的新婚禮物。」我聽了愈發不解，質疑道：「既是別人的祝福，為何要轉送於我，這不是太無情了嗎？」我把泥娃放回布包，塞回給姐姐，姐姐急了，忙拉着我的手說：「阿綠，你要幫姐姐這個忙，一郎他看到這個，要不高興的。你不是不知道他家裏……」我知道桂子的夫君，那個長得很像妹尾河童小說《少年H》裏頭的西裝裁縫父親的一郎，出身自一個虔誠的基督教家庭，桂子與他結合，也就是說會去上禮拜堂、唱聖詩，成為一個與他一樣虔誠的教徒。我默然收下那泥偶，不再說甚麼。姐姐拍了拍我的背，轉身離去。她的背影有深刻的悲傷在裏頭，而我對於悲傷的起源竟毫無頭緒。

在桂子嫁往神戶後還不到兩星期，我就碰壞了那個陶製地藏。事情的始末已經說不清了，反正那可憐的泥偶就這樣硬生生地被撞得身首異處。我必須承認我心裏雖然難過，但卻沒有半點因無法履行對桂子的責任而產生的虛怯與良心不安。自桂子離家後，她的生活痕跡漸漸褪去，所有一度染上其氣息的物事都被新的氣味覆蓋。桂子餽贈的東西我只能在理性層面承認它們來自桂子，除之以外，它們勾不起我任何對親人的思念。如果萬物有靈，桂子的家當是城府極深的識時務者，前主子才一轉身，便立刻向新主子投誠，毫不念及舊情。死物尚且如此，人更無情。我有點相信桂子的家當是學了桂子的樣，桂子在婚後至今還不曾來過一通電話，音訊全無，就像進了蟲洞一般。是她的婆家不喜歡她跟我們牽連，還是她自己有意與我們斷絕，我無法猜測。桂子遺下的東西裏也只有那件陶製地藏還似乎保留着對桂子的留戀，那東西在被撞至頭身分離的一刻，有着深刻的悲傷，那是比海還深的悲傷，但不是身體疼痛帶來的傷悲，而是一種長久壓抑情感藉着破裂的能量爆發。我撿起泥娃的碎片檢視，發現裏頭是空

心的，在燈光下可看到內壁有淺淺的刀痕，刻着

「桂子：

要是你無法忘懷鳥與風與天空的悲傷，就盡快展開旅程吧！

雛乃」

「雛乃？」我不記得姐姐有一個叫這名字的朋友。把祝福的語句收藏在泥娃的內部，究竟是不欲對方發現的含蓄，還是雙方早已有心領神會的密契？我無法拿捏這份禮物底層的意涵，這句沒頭沒腦的話語像一片黑色的烏鴉盤旋在我的腦中，遮蔽着某些記憶。我開始懷疑桂子的離開與婚事無關，那個長得很像妹尾河童小說《少年H》裏頭的西裝裁縫父親的一郎出現得太突兀，有關他的一切都只是來自桂子的一面之詞，我因為腹瀉沒有參與那場婚禮，為何前往神戶出席的父母親戚回來後都三緘其口，也沒有帶回任何照片或錄像。我閉上眼睛，想像着穿着純白紗裙的桂子登上了一艘方舟，沒入星塵閃爍的幻海，她自窗子探出頭來，向我揮手，嘴裏說着甚麼，但我

聽不清楚。愈想便愈覺頭痛欲裂，我拿起話筒，想給桂子掛個電話，可是又不知道該打哪組號碼，便又放下。思前想後，我決定用超能膠把泥娃的頭與身體重新接起來，就像甚麼事也沒發生過一樣。我用安放盆栽的吊架把陶製地藏掛在窗邊風乾，然後背上背包出門去，外頭的陽光正燦爛，可以驅除灰暗的思想。

我到達御所的時候，已經過了開放時間，無法進入中央的御苑，只好在外圍的公園遊蕩，捲進無盡的長椅與樹與灰沙的走馬燈內。我像打節拍般在心中默唸我認識的人的名字，爸爸叫俊雄、媽媽叫裕子、爺爺叫太郎、奶奶叫千代、姐姐叫桂子、鄰家的伯伯叫一夫……各人的名字與各人的臉孔像音樂椅配對般一一對應，圓環的中央放着背後寫着「雛乃」的椅子，空置着。然後，一塊青海波紋的幕簾降下，打亂了我的節奏，我抬頭張望，即被豆大的雨水擊打得張不開眼，我不顧一切地跑，沿途沒有任何遮蔽身體的場所，回到家裏已全身濕透。明明一刻前還陽光普照，怎麼突然下起傾盆大雨？我顧不得更衣，回家第一件事把掛在窗前的陶製地藏取下，以免雨水沖去接口的膠水，一摸之下發現已然乾涸。就在那泥娃離開吊架的一刻，窗外的雨戛然而止。

後來我又試過幾次疑幻似真的巧合，我開始思疑那個小小的陶製地藏有着左右風雨的神祕力量，甚至把它拿給了班上有名的女巫沙也加檢查，卻惹來她的嘲諷。這個笑起來的時候鬈髮會抖動如大鳥羽毛的通靈少女看罷，左手握着我的泥娃，右手從口袋裏拿出一個一模一樣的，然後翻過來讓我看兩者的底部，上面印着同一段文字，是穿青海波紋的女人經營的烏龍麵店的店名「鳥與風與天空的悲傷」以及地址，原來她的店並沒有結業，只是遷移到祇園一帶。沙也加有點看不起我地說：「這個麵店重新開業的宣傳紀念品家家戶戶都收到了，你拿這個來侮辱我的智慧，也太少看人了吧！」伴隨而來的是身後同學此起彼落的恥笑聲。由此，我得知那個穿青海波紋的女人的烏龍麵店並沒有成為一艘方舟，姐姐桂子也沒有到達無何有之鄉，她後來終於來信了，是一年以後，告訴我們她生了一個女娃，就取名一事徵求意見。我在回信裏提議把孩子取名「雛乃」。然後拿着信，飛也似的跑到郵局，也不管那個掛在背包上陶泥製的地藏娃娃顛簸受累得快要嘔吐。

雛乃

在祇園商店街的內巷，有一家名為「鳥與風與天空的悲傷」的烏龍麵店，經營這家店的老闆娘總是穿着一襲淡紫青海波紋的和服，笑意盈盈地倚着門欄侍客。這個穿青海波紋和服的女人說話有很濃重的京都腔，每個到訪的客人都以為她是地道的京都人，但其實她是上小學的時候才舉家從廣島搬來的。她的身份有點特殊，在初中畢業後於祇園甲部接受過舞妓的訓練，她的京都腔是在那幾年苦練回來的。熬過了這麼多艱苦的訓練，最後卻在襟替來臨之際放棄晉身藝妓，這是很多人都無法理解的事情。據她自己的說法是，無法忍受當舞妓得為了保持髮型，每星期只能洗一次頭的慣習，但這是明眼人均知道不合理的說法。在這之前她都已經當了好幾年的舞妓，若是這個慣習是如此不堪忍受，為何早不放棄晚不放棄，偏要在快要畢業之際放棄。再者，晉升為藝妓後，便可擁有專屬的假髮，不必為了保持髮型而作出各種犧牲。不過可惜歸可惜，穿青海波紋和服的女人在這幾年舞妓訓練裏還是有不少得着，她的舉止言行變得比京都人還要京都人，憑着那把尖刻的思想包裹在軟語溫言的高超技巧，以及步步生蓮的優雅走姿，沒有人會把她與原爆的滿目瘡痍拉上關係。她相當有商業頭腦，當生意不見起色，便審視自己的優勢，重新制定營銷策略，把原來開設在銀閣寺道旁的烏龍麵店遷移到祇園，並以「前藝者開設的烏龍麵店」作為賣點，獲得了空前的成功。道路並不光指向一個終點，在我看來，穿淡紫青海波紋的和服的女人從經歷中汲取養份，再與現實生活接技，開出異色的花朵，與選擇繼續追求高雅藝術的生涯，兩者並無高低之分。她能夠把生命中每個角色演活，也是藝者修為的一種境界。

初遇這家店的時候，我並沒有立即注意到這跟從前開在銀閣寺道上的，是同一家店。我並無飢餓感，只是作為一個主修文化遺產研究的大學生，很難不被張貼在店外一年一度「舞動京都」活動的彩色海報吸引，希望取得一些傳統文化節目的資訊。後來我仔細一看，發現那裏並不光張貼載有今年公演資訊的海報，還把不少早些年的活動宣傳作為牆壁裝飾，更覺好奇。海報上穿天藍和服，手持團扇半掩臉的舞妓，許多看上去非常眼熟，與許早年我曾觀賞過她們的演出，但已無從追溯。當我深入了解這家麵店的歷史與店主的特殊身份後，知道有不少花街的藝者因着與老闆娘昔日的情誼，經常前來小憩敘舊，心想或許可以解答我心中積壓已久的疑團，便下了一個決定。我大膽地掀開布簾內進，向那穿淡紫青海波紋和服的女人說明來意。那女人聽罷，把我從頭到尾掃視了一遍，她的目光和主意同時停在我背包掛着的陶製地藏娃娃上。「研修期內時薪八百日元，做滿三個月提升到一千日元，交通津貼按居住距離而定，每回一程不超過六百日元。沒問題吧？」她乾脆俐落地把條件說明，像在唸爛熟於胸的台詞。我默默地點頭，冷不防她又問了一句：「你會踏腳踏車吧？」我又再點了一下頭。「那交通津貼這筆就免了。店後有一塊專供停泊腳踏車的空地，我帶你看一下，以後你就踏腳踏車來上班。」我心裏暗暗折服，果然是走慣江湖的精幹生意人，我這種入世未深的稚嫩小兒在她面前是不堪一擊的。「服裝方面，你照我這樣就可以了。」她一邊整理衣襟一邊囑咐我。第二天，我便穿着遠嫁神戶的姐姐桂子留給我的一套紅色小松紋和服準時報到，穿淡紫青海波紋和服的女人意味深長地說了一句不知算不算稱讚的話：「是別人的東西，倒也合適。」有經歷的女人都像修行有道的妖精，擁有能穿透一切事物本質的魔眼。

在名為「鳥與風與天空的悲傷」的烏龍麵店裏打工的時候，時間過得特別慢，在那個空間裏的所有人都仿佛浸泡在凝凍的巨大水信玄餅內。店外的時間和店內的時間並不同一，就像這裏最受歡迎最划算的炸豬排飯與烏龍麵套餐，餐盤的左邊放着熱氣騰騰的炸豬排飯，飯與薄切豬排之間夾着油滋滋的滑蛋炒洋葱，右邊側放着一個深色的仿木紋小盤，盛着攤在冰塊上的冷麵，上面只撒一層似有還無的葱花，一整個泡在涼涼的上湯裏。吃完整個套餐像一次過經歷宇宙的誕生與毀滅，許多細碎又複雜的矛盾滲雜在感官裏頭。我愛觀察那小白蛇般的烏龍麵，如何靈活地鑽進那些頭上裝飾着如瀑布般傾瀉的垂珠的年輕舞妓只塗紅下唇的嘴裏，還有那正襟危坐，卻在食具的遮蔽下，不斷用小手帕拭擦因熱氣而霧化不清的手機屏幕的中年藝妓。穿青海波紋和服的女人有時候會走進我的觀察，與那些如同古遠時空之遺骸般的人物用我無法理解的方言密議。更多的時候，她會在某個暗角觀察我的觀察，像深海裏的一頭藍鯨。某天，這頭藍鯨突然開口對我說：「你是等不到你要等的人的。你確定你要繼續這樣子耗費你的人生嗎？」我一分神，便把一杯冰水濺倒在手袖上。穿青海波紋的女人無視我的狼狽，目光刺透我心的本源，繼續說：「你和桂子很相像，都是衝着那人而來，但本質上你與她的等待卻又南轅北轍。」她猛的用手托起我的下巴，逼視着我的雙目，看進我靈魂的深處，又說：「桂子是個裝睡的人，她一直是醒着的。而你是受了她的蒙騙，陷入昏睡的狀態，必須借助外力才能醒悟，我無法坐視這情況，因此我不得不告訴你，有關那個名叫雛乃的女子的故事。」聽見這個名字，有兩個靈魂同時在我體內顫抖，一個是阿綠的，一個是桂子的。穿青海波紋和服的女人呷了一口清茶，開始向我訴說了一個裝睡的人演皮影戲的故事。

「在遇到桂子以前，我從來不知道有雛乃這個人的存在，是桂子把雛乃帶進了我的生命。我還清楚記得初見桂子是七年前的盛夏，我店剛在這邊重開，那天正好是祇園祭的後祭，這一帶有花傘巡遊，外頭人山人海，店門前的通道被看巡遊的行人擠得水洩不通。我本打算休業一天，整頓一下店內的裝潢，可是才剛把『休業』的牌子掛上，她就穿着你現在身上這套紅色小松紋和服闖進我店裏來，神色慌張，手裏拿着一件頭飾，說是剛才巡遊隊伍中一個名叫雛乃的年輕舞妓遺下的東西，向我查詢雛乃的去向。我心想花傘巡遊是市內一個重要活動，五花街的舞妓都會齊集於祇園，在混亂中遺下物品是毫不稀奇的事，我因着過去的經歷，與這一帶的藝者仍保持着聯繫，便提議由我轉交那名失物主。可是桂子只是一直鞠躬賠罪，說：『對不起！我不能給您添麻煩。您要是知道雛乃的所在，煩請相告。我必須親自把失物交還雛乃。』我勸了她好一陣子，她還是堅決推辭，不接受幫助，一定要見上這個雛乃一面。說實話，雖然我從前是那道上的人，但畢竟離開小圈子有一段時間，不能說可以記認所有的藝者，「雛乃」是我從未聽舊姐妹提起過的陌生名字，也許是個剛進門的新人。桂子只是個尋常人家的女孩，卻能說出一個名不經傳的新舞妓的名字，看來兩人關係非淺，也許是有血緣關係的親人或閨中好友。為了收窄搜索範圍，我便問她雛乃所屬的置屋，究竟是上七軒、祇園甲部、祇園東、嶋原、先斗町，還是宮川町？她大概沒料想到我會問得這麼細，遲疑了一下，慢慢吐出『祇園甲部』這個詞。我再問了她一些雛乃的外貌特徵，她都說得很慢，好像努力擠着牙膏筒末端剩餘不多的牙膏，又像在轉盤上拉坯，她似是在憑空創造一個人物多於複述一個認識的人。我對這個女孩和她口中的雛乃非常好奇，想知道她葫蘆裏賣的是甚麼藥，於是我提出了一個方案，讓她在我店裏兼職，讓桂子自己在每日絡繹不絕的客人中打撈她尋找的對象。」女人停下來，又呷了一口清茶。

「於是桂子便每天穿着你身上這件紅色小松紋和服，在店裏游弋如魚，藉着這樣，她認識了幾乎整個五花街的藝者。很多客人都從桂子口中聽過雛乃的事情，她最喜歡強調雛乃不顧家庭反對，瞞着家人獨自坐上深夜巴士，從九洲潛逃到京都的亡命之旅，說起來繪聲繪影，堪比荷里活大電影。她的頭上總是插着雛乃遺下的髮飾，把舞妓八月專用的團扇髮簪從夏天一直戴到嚴冬，然而雛乃一直沒有出現。雛乃就好像一隻藏頭露尾的巨大怪獸，滿室充滿她的影子，本體卻無處覓尋。這絲毫沒有影響桂子的心情，她還是每天殷勤的侍客，而且我感覺雛乃的事蹟傳頌得愈廣，她便愈有活力，她快樂得匪夷所思。直到有一天，店裏出現了一個如同妹尾河童小說《少年H》裏頭的西裝裁縫父親般的矮胖男人，那男人甚麼也不說，只點了一盤冷麵、一瓶燒酒，便從早坐到晚，到處張望，當他發現桂子，便一直盯着她看。我感覺到他身體與精神的疲憊，他定必在之前已進過許多家麵店，用同樣的方式，一家接一家地尋找，而這裏就是他旅程的終點。桂子的笑容消失了，她還是一樣的游弋，但那是為了逃避男人的視線的一種沒生氣的移動。她不再說雛乃的事了。後來，她一發現男人在店裏，便索性躲進廚房抽泣，任憑我怎樣勸解都不濟事。有一晚，我待所有人客都離去，獨剩那男人還在門外探頭探腦，把桂子叫住，告訴她：『如果你演夠了雛乃這齣皮影戲，請你回到你自己的人生角色裏頭去。像你這種拿不定自己定位、沉醉在往昔的悔恨當中的人，從來不具備當藝者的資格。』她聽罷，一言不發，拔掉了頭上的髮飾，衝出店外，一直跑一直跑，那男人尾隨其後，呼喚着她的名字，兩人最後消失在街的盡頭，自此不再復見。」

「所以說，雛乃只是桂子一個無法達成的慾望的幽靈？」我在整理消化穿淡紫青海波紋和服的女人所說的故事後，作出了總結。「這是一個附魔的城市，滋養所有深愛此地的人一切失落的慾望，雛乃只是其中的冰山一角。我有時覺得活着很不實在，明明那麼努力的營生，但卻還是有種虛怯，不知道自己會否成為某些人失落慾望的投射，在一個我未曾到達的時空，那裏有一群人不斷虛構着有關我的一切，而我沒有任何途徑知悉其中的片言隻字。這些言靈究竟多大程度在干涉着我的生活，我也沒無法推測。如果某個遙遠國度的瘋子的胡思亂想主導了事情的發展，在我的生命歷程裏逐步實現他的狂想，那麼即使有一天我變成了一條鹽醃的魚，掛在自家的店門外，我也不會感到意外。」穿青海波紋和服的女人對着我苦笑，然後站起來，再次投入到麵店的工作裏。我們的對話就這樣突兀地開始，又突兀地終結，我好像明白了甚麼，又生出了新的疑團，我終究無法摸清這個穿青海波紋和服的女人的底細。

（第四十四屆青年文學獎小說高級組亞軍作品，二零一七至二零一八年）

宵山之月

歷時整個七月的祇園祭是京都夏日的風物詩，這個持續了上千年的祭典最矚目的環節當數名為「山鉾巡行」的迎神與送神儀式。前後二祭合起來共有三十三座載有不同神祇的山鉾，每一座都裝飾得精緻華麗，如同行走的畫廊。但巡行畢竟是神明趕路的呈現，來去匆匆，走馬看花，還是巡行前夕的宵山之夜，眾神轎停泊在四條烏丸一帶，風輕雲淡，披一襲浴衣穿梭在光影之間，更能感受神明的臨在。

黃昏時分抵達，買一客冰品站在街道中心，朝着落日邊吃邊等待夜幕降臨，世界的顏色也如同舌尖上的冰屑逐漸融化，成了漂泊的魂，留連在卷雲的夾縫裏，也染上遊人的和裝，你我如此明艷。而眾山鉾則收斂起日間的瑰麗，愈發暗沉，像一個個豎立着的龐大影子，屬於那群與我們同在的隱身巨人。

時間擠破了夜與影的界線，舉目所見只剩各神轎的駒形提燈，最接近的一組御神燈上除了印有八坂神社如苦瓜橫切面的神紋外，還印有鳥居般的「月」字，當屬夜神月讀命的神轎「月鉾」。那一串串懸在空中的燈籠倒真仿似月亮的垂珠，排成翅膀的形狀，吐着恆定的光華。我想起動畫《Turn A Gundam》裏那氣勢磅礴的名曲《月之繭》，把月亮比喻成夜空中的繭，彷彿在某個魁幻時刻，眼前的瑩白會統統化作月光蝶飛向無垠的宇宙，獨把我遺留在蒼茫的漆黑中。

據說月讀命受天照大神之命迎接保食神，保食神朝陸地吐出米飯、再朝海洋吐出魚類，並將之收集欲饗眾神，月讀命深感受辱，斥責保食神想讓祂吃自己的嘔吐物，將之擊殺。天照大神得知此事後大怒，自此日月分離，永不相見。由此可見，月讀命似乎是個性情剛烈的神明，這與柔和的月色有着強烈的反差，看來神性也如同人性複雜多面，就好比月亮這個意象在東西方藝文世界裏的豐富多姿。意大利作家卡爾維諾的短篇小說〈月亮的距離〉中Qfwfq傾慕的武賀德夫人最後成為聾子表弟單戀的月亮，那又是一個怎樣的月亮呢？

我嘗試代入Qfwfq的角度仰望天上的武賀德夫人，卻遍尋不獲。我漸漸被洶湧的人潮所淹沒，那一張張浮游在四周的陌生臉孔，在流動的光影下呈現出各種缺憾，或少了一隻眼，或欠了一張嘴，連小泉八雲的〈貉〉中那徘徊在紀伊國坂上的無臉妖怪也混入了其中，恰似月的圓缺。我想到在「SCP基金會」這個以虛構超自然事物為主題的網絡集體創作小說作品群中，有一位編號SCP917、名為「月亮先生」的年長男性，五官會隨月亮圓缺而消失、再現，階段性地失去感官，只有在滿月時才短暫地擁有完整的臉。可間或以一張空白的臉去回拒世界的侵擾也未嘗不是一種幸福，這是我所羨慕的一種月亮。

（原刊於二零一八年八月六日網上文學平台「虛詞」專欄「青海波文香」）

虛空迷宮

下鴨神社螢火茶會上，觀賞舞殿上演的王朝舞以及十二單衣着裝表演，看着身姿纖巧的舞者在兩名着付師的協助下，裹上層層艷麗的霓裳，漸漸肥厚成虹色的蛹。在那極漫長而繁複的着裝過程裏，被包裹在核心的女子不是主角，她退居成一個支撐衣服的透明骨架，殿前的圍觀者屏息靜氣，虔敬地見證這場儀式般的包裝之完成。

羅蘭・巴特在《符號帝國》這本書寫日本的散文集中，談到「包裝」一事時指出：「日本包裝的一大特點，內容物價值不大，與外包裝的豪華不成比例」，而由此而來費時的拆除過程，使外包裝的盒子產生符號功能，「和裏頭所隱藏、保護、指涉的物品完全等值……包裝的功能並不是在空間上保護物品，而是在時間上拉開距離。」這導致「原來身為主角的內容物失去了存在意義，變成一個虛無的幻象。」當包裝完成，衣服下的人仿佛就在眾目睽睽之下逃之夭夭，再也不被看見，只有一個華麗而過於豐饒的空殼擱在舞台中央，攝去所有的關注。

據說當晚在社內釋放了六百多隻螢火蟲，我眼拙只能在草叢裏艱難地發現零星微弱的光點，便推測會否有為數不少的一批竄進了迷宮似的十二單衣，如撲火燈蛾般投入到空無之中。我張嘴吸入一口清涼的風，不小心把自彼方瀰漫開來的空無帶進腹中，只得取出在鳥居附近的納涼市購得的點心稍慰飢腸。

「若鮎」是一種蛋糕質外皮裹求肥，烙上簡潔線條標示臉面與尾巴的魚形糕點，模仿生活在鴨川流域、帶西瓜清香的鮎魚製造。我一口咬掉魚頭，內餡黏連厚實的質感帶來啃吃魚肉的錯覺，斷面露出棉絮似的白色求肥，又好像咬壞了一個布偶。求肥是帶甜味的柔軟麻糬，平安時代由中國傳入，最初以玄米製造而呈黑色，因形似而被稱作「牛皮」，然當時日人不食肉，故後來又改以同音字「求肥」稱之。我見識淺薄，此前多見求肥用作大福等點心的外皮，像「若鮎」般捲入作芯子的還是頭一回，包裝與包裝物原是一體兩面，沒有一個必然的中心。

這其實也不算是新鮮的衝擊，只是我早該注意而沒留心，家附近那間充滿懷舊氣息的超市裏一直就在販售着一種廉宜小點心，以紅豆蓉包裹糯米，就像是把暗紅的肉體內層反向外部般觸目驚心。我嘗試尋找它的確實名稱，卻陷入更深濃的迷霧，一種點心竟擁有如此多個名字：春天時叫「牡丹餅」、夏天時叫「夜船」、秋天時叫「萩餅」和冬天時叫「北窗」，無法避免在能指的游移裏一再錯失遙遠印象裏的味道。

或許我所能做的只剩下在不同月台間奔走，跳進標示「特急」、「準急」或「普通」的列車，選擇以怎樣的速度抵達虛無。

（原刊於二零一八年九月二十八日網上文學平台「虛詞」專欄「青海波文香」）

風中公雞

一

十一月的神戶雖未入冬但已經頗冷了，我穿着厚厚的及膝鴨絨大衣，踏着長筒皮靴，沿着灰色長斜坡向上走。街道上的樹漸層的紅為簡明潔淨的西洋建築撲上霧化的胭脂。北野地區每一塊石子都是有來歷的，就連美式連鎖咖啡店星巴克也掛上「北野物語館」的名號，附身於百年歷史的兩層木建築上，給速食文化代表也掘出一道時間的縱深。我入內取暖小憩，正午的陽光流瀉到皮質沙發上柔化成淡金的辮子，想必鬆舒適，只是它讓我想起江戶川亂步的《人間椅子》，被躲藏在皮椅內的陌生人懷抱的恐懼使我卻步。退到門外，我倚着郵筒，利用自拍捧與房子合照，再以手機調成黑白，檔名訂為「房子與我」。

想來，我從未試過與自己的家合照。因着環境擠逼局限，我城人的居所往往只是一道編了號的門。我想像我站在門前，拍出一個虛弱的、被框住的人。童年觀賞一九五六年版本美國電影《國王與我》，印象最深的是狄波拉·嘉飾演的英國女教師安娜為了讓尤・伯連納飾演的暹羅國王兌現供給一棟紅磚房的諾言，教導其兒女以英語高唱《家、甜蜜的家》。讓年幼的我認識到對於「家」作為實體生活空間要有一種格調上的追求，「家」要有「家」的樣子，因為它是許多重要人生事件發生的場景。某天，救護員自鄰室抬出一具乾枯瘦小的屍體。我從狹小的門道瞥見了空無一物的房間，天花、牆壁與地板都是統一的、刺目的白，一個裸裎的箱子。我對那老人的印象再也不一樣了，想像她冷靜地逐一把財富家當肢解切碎，再不動聲色地投擲到窗外，墮落的聲音在市聲的掩蓋下竟不被察覺。我棲居的處所也沒有兩樣，在生命將盡之時，會還原為封存死者的棺槨。

一張來自萍水相逢女子的明信片促成了我的出走。那上面用水彩描畫了一幢德國式的紅磚大宅，三角形的樓頂豎立着一隻雄糾糾的公雞，模糊的水痕霧化了其輪廓，使牠看似在隨風輕轉。這房子對我有無可抗拒的吸引力，只有進入到它裏面去，我的生命才會圓滿。這是位於兵庫縣神戶市中央區北野町的風見雞之館，是居日德國貿易商托馬斯先生與夫人，以及女兒艾露莎的故居。我坐上開往三宮的電鐵，清晨的車廂滿載昏睡的上班族與學生，只有我聽見風中傳遞來自遙遠目的地的雞啼聲，始終清醒着。

離開北野物語館繼續前行，路旁石槽栽種的鮮花凋零了七八，留下來的都因缺水而萎縮，沉澱為或深或淺的棕灰。也許是寒冷之故，對比館內的熱鬧，街上行人罕至，堪比新春期間居民避年外遊的我城景貌。只有循環觀光巴士CITY LOOP披着四季常青的湖綠寂寞地漫遊，在晨光下輾過路燈與樹木倒映在柏油路上的黑色影子。我沒有走進那片流動的綠，只在平行的灰線上模仿它行走的軌跡。穿進內街，便見歐風建築林立，古樸的北野天滿神社反倒顯得格格不入，鳥居連接着不見盡頭的長樓梯，帶點肅殺，不敢停駐過久。我繞過淡綠的萌黃之館，邁向紅磚大宅。

走過深橘色的大閘，在屋旁的赤色小亭購票內進。未知一九八八年艾露莎重回舊居時，是否也需買票？完全向外打開的空間不能算家，是故鑰匙為必要。需要購票才能進入的房子亦難為家，只能算作過去事件場景的陳列室。宛如一切曾經親密而遙遠的關係，理所當然的認知化為失效的重複手勢，如同在澀谷站幽幽等候主人下班的八公犬每夜落空的希望，逝去的終歸是逝去的，我們早在層疊的擬仿中偏離原點。艾露莎曾言：「德國是我的祖國，但日本才是我的故鄉。」然她晚年尋訪到的早不是當年的家，而是風見雞館。我如今進入的亦非艾露莎重遊之地，而是毀於一九九五年阪神地震後重建的另一所相似的房子。

二

當架着老花眼鏡，身穿花領白襯衣配千鳥格呢套裝的老婦在眾多人員的簇擁下來到闊別多年的紅色大宅。在踏上印有雄雞標誌的圓形暗紅地毯的一刻，她就像當年那個女孩一樣，對着內室喚了一聲「ただいま。」（我回來了。）「お帰りなさい。」（你回來了。）筆挺站立兩旁的館員向她深深地鞠躬。「咔擦！」攝影師捕捉到老婦的歡顏，眾人相視而笑，然再細心的安排也無助重現當年的體驗。父親鮮有用日語回應艾露莎，只會用德語說「willkommen zurück」（歡迎回來），眼睛始終未曾離開過平躺在膝上的聖經。二十歲就到橫濱經商的托瑪斯不可能不諳日語，只是為怕生疏了母語，在家盡量說德語。他在日本勤勤懇懇，經營有道，積累了不少財富。連女兒也是完全的「日本製」，於橫濱出生，雖然有着金頭髮藍眼睛，出生以來還未踏足過德國的土地。調皮的女兒如貓般跳上父親的膝上，用捲髮磨蹭他鼻下茂密的大鬍鬚。被逗得實在吃不消的托瑪斯只好把女兒抱起，從一樓的客廳走到二樓的寢室，把女兒的小手掛在窗臺上，小孩的眼睛閃過歡快的光芒，盯着遠方看得出神。那扇窗可以眺望到一小角海，像一小片銀白的玻璃糖紙，又像立起的鯊魚鰭。無論是海或是鯊魚，對於艾露莎來說都是新鮮的，世界不曾重複自己。

母親在二樓靠窗的陽臺走廊栽種各種香草，把摘下來的葉片搗碎和萊姆酒混合，做出帶甘橘甜香的乳酪蛋糕。艾露莎常躺在一樓客廳的翡翠綠鍛子沙發上放空，聞着樓上傳來的淡淡幽香，視線沿着蝦肉底色壁紙上的藤蔓花紋往上攀，這是她發明的「眼睛猴子爬」遊戲，體虛力弱的孩子也可以通過想像享受攀爬的樂趣。艾露莎不是體弱的孩子，一次商會俱樂部招待會員與家眷到六甲山牧場遊玩，她爬山路的速度可是比誰都要快。艾露莎所以會發明這種遊戲，想來也得歸功於八百屋的長男阿肇。她為了與阿肇爭奪草叢裏發現的罕見金甲蟲，打架打得滿身泥濘，被母親處罰禁足兩星期，陽光正好卻不能外出玩耍，閒得發慌便想出了這種玩意。那隻金甲蟲足有姆指大，飛行的時候會發出低沉的嗡嗡聲，像有轟炸機來襲，撞擊臉頰的觸感如同被小拳頭擊打，非常好玩。可惜費了這麼大功夫，最後還是沒弄到手。禁足期間阿肇那傢伙還特意帶着戰利品在窗外耀武揚威，對艾露莎做鬼臉，看得她牙癢癢的。艾露莎決定不把「眼睛猴子爬」的玩法教給阿肇。可是一想到阿肇奶奶會做五彩繽紛的漂亮手鞠球，又有點猶豫。她最後決定以此作談判條件，若果阿肇奶奶願意教她造手鞠，她就教阿肇玩「眼睛猴子爬」。

三

二樓的夫婦寢室被改成紀念品販售店，窗外可看到館前的圓形小廣場，一身銀裝的賣藝人正表演走鋼索，原來朝風見雞館拍攝的遊人紛紛被吸引過去。在架上發現與早前收到的同款明信片，本想回敬她一張，但因不知其住址只好作罷。房子是裝載人的容器，我城多年來發展出一套追求最大效益的人口收納系統，把居所層疊壓縮。人們有的像濃稠的枇杷膏，轉動瓶子時如同蝸牛吸附玻璃匍匐而行，無法徹底傾倒，淡棕色的黏液殘留在底部。有的像果汁一類的飲料，遊走於壺或瓶或罐或杯或碗，再灌入胃部或鋅盤，適應各種形狀，習慣於流徙。亦有如同酒精，只要掀開瓶蓋，就會自然揮發，消失淨盡。我無法把自己歸入任何一類，溫度和大氣壓力都會改變物質狀態，並沒有所謂的永恆。一切固有觀念都可能液化、氣化。我注意到壁爐上立着一台古老的轉盤電話，這東西原來的物主大概沒想過一百年後的電話可以是流動的。

「騙人，德國哪有這種東西。」

「不過，好吃的話也就不要緊了吧。」

一串流利的日語對話傳來，我回過頭去，卻見是出自一對金髮白膚藍眼的西洋男女之口，他們正在討論附近咖啡廳販賣的德式乳酪布丁塔。我想，被欺騙的感覺都是源於錯誤的預期。正如你不能期望敘事者總是誠懇又真切。館內展示了在此取景並於一九七七年放映的電視劇《風見雞》的宣傳海報，那劇的內容也與風見雞館原主人一家的故事全然無關。又，雖然館內介紹版上寫着風見雞館建於一九零九年，但根據艾露莎的證言、當時的外國人住所記錄及由托瑪斯先生親筆在背後提上「一九零四年竣工」的建築物舊照片可見有另一版本的真相。我想起來了，這次也不是我的第一次出走，在我收到那張風見雞館明信片前，我曾經有過一次失敗的出走，狡滑的我以遺忘將之封存在無光的角落。

兒童寢室放滿了洋娃娃，是晚年的艾露莎聽說舊居被列為重要文化遺產後寄送給館方展出的。雖然時日久遠，但那些娃娃保存得相當完整，可見物主的愛惜。它們擁有不朽的陶瓷之軀，擺脫生死之局限，可與大宅長相廝守，正適合作為主人的替代，償還回家的心願。「打擾了。」我向着那十數對骨碌碌的玻璃眼珠輕聲說道，再轉身離開。二樓陽臺走廊上放置了許多展示洋館舊日面貌，以及主人一家舊照片的易拉架，像豎立海上的一面面白風帆，在時間流的交滙處凝滯。不同年紀的艾露莎同處一室，但無分彼此都是褪了色的舊時風景。其中一張雖同為黑白照，卻比其他的更觸目，照片中的小艾露莎看上去不過四、五歲，身穿一件紅葉紋振袖和服，腰纏一條淺色的兵兒帶，撐着一把小和傘，神情自若。背景朦朧，看不出是攝於何地。

四

五歲的艾露莎穿上了她第一套也是唯一的一套和服。布料有點厚重，幸而十一月已屆深秋，穿在身上剛好保暖不覺焗促。傳統上七五三節是小孩拿掉腰帶開始紮束帶的日子，但家傭怕過於束縛會使她不習慣，所以只綁上了淺黃的兵兒帶，打上鬆鼓鼓的蝴蝶結像一朵盛放的牡丹。袖子差不多長及腳跟，卻絲毫不見累贅，米黃底色配紅葉花紋，正是最合乎時令的式樣，艾露莎像一棵小楓樹，可這是棵淋不得雨的樹，母親聽說沾了水的和布打理麻煩，所以叮囑艾露莎到哪兒都得帶上一把小傘。夫婦二人穿一身整齊西服健步如飛，艾露莎踢着木屐一拐一拐地跟在後頭，有些落後，可是不一會兒便掌握到駕馭此物的竅門，越過父母直奔上長長的灰階梯，站在高處回過來呼喚父母，清晨的霧伴着細雨使四周模糊如入仙境。托馬斯先生氣喘噓噓地招手，讓女兒停在原地等待，然後取出照相機拍下艾露莎撐起和傘，宛如飄浮空中的模樣。

在進入本殿前有一擱着許多勺子的小池子，是供遊人進入神社前淨身的地方。托瑪斯夫婦從前因是虔誠的基督徒，沒有參拜神社寺廟的經驗，若非為了讓女兒參與感受這個對日本兒童來說非常重要的慶典，大概也不會破例。這天神社門庭若市，到處是帶兒女來祈求安康的父母。托瑪斯先生好不容易從擠擁的人群中取得一把勺子，笨拙地洗手，卻連連犯錯。「不能直接喝勺子的水！」艾露莎焦急地叫起來，惹得周遭的人都投來奇異的目光，這三個西洋人在一群和裝日本人堆裏本來就十分突兀，現在這小洋妞身子雖矮小，一張嘴卻能啪啦啪啦地連珠炮發，聲音嘹亮，中氣十足，更讓人嘖嘖稱奇。托瑪斯太太趕忙拉走二人。

參拜神祇之處人潮如鯽，艾露莎趁父母不覺偷偷地溜到了另一處。她在遠處發現了穿着西裝的阿肇正在銅牛像附近掂着腳伸手想要做甚麼，便悄悄繞到他後頭，乘他一掂腳便把他褲子往下拉，「啊！討厭。」阿肇把褲子拉回去後，漲紅了臉，可是又不敢大聲斥喝，怕引起別人的關注，只能死命地瞪眼。「你在做甚麼？」她輕聲問。「如果摸到那頭牛，就能變聰明啦！一起來吧！」阿肇好像很快又忘了剛才被作弄之苦，熱情相告。艾露莎看那銅牛的高度，再打量一下阿肇，便知道他搆不着，想以她作踏腳石，騎到其背上去摸牛。聽出了他的意思後，艾露莎又有了自己的打算，她一聲不哼地轉身就跑，阿肇立馬攔住她。「你得讓你奶奶教我造手鞠。」阿肇聽罷立即重重地點頭。那天回到家裏，肩膀酸痛了一夜，不過艾露莎沒敢告訴父母，托瑪斯夫婦二人早就因她獨個兒開溜而生了大大的氣，沒收了她的千歲貽。沒吃過千歲貽又怎算過七五三節呢。幸好，阿肇那天摸到銅牛後樂極了，還親了她一下，被吻過後舌尖甜甜的，原來他把一顆千歲貽偷偷送進她嘴裏。一想到這裏，艾露莎的耳根與臉頰熱熱的，五味雜陳，不知道該樂還是該怒。

後來，阿肇十歲的時候就去了東京唸書，從那時起便沒了音訊，一直到了艾露莎要回德國唸寄宿學校前一個月，八百屋的奶奶過世了，她才再次看到回來奔喪的阿肇，才短短幾年外貌便起了很大的變化，長得又高又瘦，好像一根電燈杆，艾露莎站在阿肇映在地上的影子末端，仰望着他的背影，突然發現童年已經離她很遠。

五

我走下樓梯，離開風見雞之館，圓形廣場上的表演完畢，聚集的人群又散去其他更有趣的角落。我漫無目的地游移，像傾瀉而未及被桌布滲吸、停在餐桌邊上猶豫接下來應該流向何方的咖啡，一不小心墮落便成了地上一攤混合灰塵與頭皮屑的髒水。無處棲身的我只有保持移動的慣性，從北野坡走下來，一直往南走，走回三宮站，再走下去便是震災紀念公園與神戶港。公園內有倒地二十年而沒有被扶起的人魚銅像，還有停在五時四十六分的時鐘，美利堅碼頭上則保留着阪神大地震被破壞的岸壁，燈杆歪七扭八地自水中突出。唯獨在這個區域，破落和衰敗得到默許，這真是個難以捉摸的城市。我倚着一根傾斜的路燈躺下，閉上眼睛，想像正睡在屬於自己的紅色磚房內，當海浪打在身上時便是龍捲風來襲，就像《綠野仙蹤》開始時一樣，連同房子一起把我吹送到遙遠的未知之國，屋頂上那隻指示風向的大紅公雞急速轉動如竹蜻蜓。

（原刊於二零一八年一月文學雜誌《字花》第七十一期）

明石浮游

我不常想起明石，但每當我想起她，總是在氛圍相近的夢裏，例如午後荒蕪的遊樂場內，在韆鞦上昏睡至半醒，感覺背後有人步至，作勢把我推飛，最後卻只有一陣不痛不癢的風繞過後頸，彈了一下垂在耳下那一串珍珠，敲在鎖骨上，然後便醒過來。發現我實際上只是在長途旅程的悶焗上層巴士座位上，嗅着變味的空氣走神，現實與夢境唯一的交界是那串垂吊耳環，掛着由層層壓縮成球狀的棉花所製、外塗珠光、名為「棉花珍珠」的仿珠，幾近無重，如同我的明石經驗，輕浮。

從山陽電鐵舞子公園站下來，向海的方向走去，愈接近明石海峽，時間的步調變得愈緩慢，當我來到明石海峽大橋下，望見琉璃色的海面映出大橋腹部灰鯨般的倒影，連綿到彼岸繫結沉默的淡路島，我躁動的內心也隨之平靜，像是怕雜亂的思緒會驚擾島嶼的午睡，要知道該處可是當年可怕的阪神大地震的震源。

明石海峽大橋是現時世上最長的懸索吊橋，建造期間經歷阪神大地震仍佇立不倒，只是地層移動使本州與淡路之間增加了一米的距離，大橋也由原定的三千九百一十米延長為三千九百一十一米，有「珍珠橋」的別號。有關別號的來歷，有幾種說法：一是淡路地區的珍珠核生產量為全日本最高；二是神戶為全日本八成珍珠的集散地；三是大橋夜間亮燈的美態狀似連綴的珍珠。我不確定哪種說法為真，只知道有着夢幻稱號的大橋的興建緣起，卻是與一九四五年明石海峽發生的一起傷亡慘重的汽船事故有關，海浪捲起的白泡沫與許混入了遇難者珍珠般的眼淚。

岸邊有一面海的洋館，附有三層的六角形建築，名為「移情閣」，是日本唯一的孫文紀念館，前身是華商吳錦堂的「松海別莊」，曾於一九一三年三月在該處集合華人名流召開午餐會歡迎到訪神戶的孫文，戰時一度被徵用作軍方宿舍，幾經破壞復修，一九八三年由神戶華橋總會贈與兵庫縣政府改建成紀念館，為了配合大橋的興建而遷到了現址。我購票內進，本以為是尋常不過的博物館，卻意外地發現那一個個被海佔去一角的巨大方形窗子，使人有正浮沉於藍廣中的錯覺，加上館內展示品營造的動盪時代氛圍，我漸漸感到暈眩。屬於逝者的未了時間仍在無聲地流淌，以他們的節奏。而我就像無意中闖進了蚌體的石子，干擾了進程，他們只得以自己的時間慢慢把我包裹起來，層層疊疊，直至我再也無法被感受到。

當夜幕降臨，方框將染上更深沉的藍，整座建築如同沉沒的幽靈船，一直陷落、無止境地深入，自地球另一端的海面竄出，在晨曦下打開，如同名畫《維納斯的誕生》。可是耀眼之物在一瞬間灰飛煙滅，恰似一切的終局。

（原刊於二零一八年十二月十六日網上文學平台「虛詞」專欄「青海波文香」）

夏末訪天神

在梅雨連連的六月許下心願，八月即成願，我乃赴北野天滿宮還願。穿過冷清的大將軍商店街，去年十月「百鬼夜行」巡遊的宣傳直幡仍在，路旁灰塵撲撲的妖怪塑像睡眼惺忪，初涉此地便是為了參與這慶典，距今將滿一年，一夜魚龍舞後復歸寂寥，年年如是，也談不上感傷或期待。有着茶色玻璃門的麵包店像一塊低調的咖啡果凍卡在閉門商店的縫隙間，未有以濃郁的烘焙香氣誘惑途人，慵懶的雜貨店門前隨意堆放着廉價的日用品，店主不知去向，說是店鋪卻更肖似一屋被遺棄了的家當。大將軍八神社雖供奉着鎮守西北方的多位神祇，面積卻甚小，每次從其門前經過也沒察覺，轉角是幽靜的佛立博物館，往前一點的馬路對面就是天神大人的所在。

當地人說的「天神大人」，指的是平安時代的公卿菅原道真，當年被貶九洲鬱鬱而終，身後化為怨靈作祟，經歷著名的清涼殿落雷事件後，天皇為平息其怨恨逐興建北野天滿宮，奉菅原氏為雷神及學問之神，天神信仰後得以普及，天滿宮亦在日本遍地開花。天神肖牛又愛梅，因此宮內遍布銅牛及梅樹，此時雖非梅花盛放的季節，卻適逢曬梅乾的時候，大片的梅子攤開在日照下，空氣裏瀰漫着甘酸的味道，加工後即成為歲末販售的年貨「大福梅」。神宮按歷法行事猶如尋常人家主持家業，使奉拜者更能感受神明的臨在，而非一個高高在上的虛空想像。在金錢仍未取代神明成為信仰的前現代時期，人與神的界限並非涇渭分明，人成為神也只消一個儀式。柳田國男在《巫女考》裏談到在土佐的韭生、豊永、本山等山村裏有繼承神職的家族會供奉「御子神」，即是在親人的見證下把家中的逝者通過名為「立食」的儀式轉化為神。在另外一些地方，亦有把祖神的後裔奉為「御子神」的做法，好像太宰府天滿宮末社中的柳神子社、尼御子社和玉神子社，所奉的便是菅原氏的後裔。他們相信以血緣緊密的「御子神」作為中介能更好地實現願望。

我在殿前搖鈴參拜，把許諾的五十日元投進賽錢箱內，了卻心事後便到處閒逛。看到白衣紅袴的年輕巫女在境內匆匆穿行，想起偶而張貼在神社內的兼職巫女招聘告示，除了對年齡有所規限便似乎無甚要求，負責在繁忙的歲末分擔社內事務，是賺取外快並獲得有趣生活體驗的渠道。那自是與從前世襲的神諭業者不可同日而語，這個特殊的族群或不免漂泊，因所繼承的異能及身份煩惱，或為生計淪為乞丐、身兼娼妓，即使希望隱藏過去融入常人裏頭亦非容易。我穿過鳥居，輕易便從神域回歸人世，然而某種內在的無形之物似乎沒有跨過來，留在另一邊向我招手。

（原刊於二零一九年一月十四日網上文學平台「虛詞」專欄「青海波文香」）

城南舊事

回憶是一連串的解鎖，推開一扇門走進一間房間，然後在衣櫥後發現一個地道，隨着每一次的逃脫更深陷其中，如同都市傳說《無盡屋》一樣。「房間」包羅各式形相。有時候，被遺忘的故事生長成一個陌生的城市，橫在面前，默默地注視着旅人不經意的穿行，通過緬懷觀照內在。

再次離開京都，已屆三月，我才想起又錯過了城南宮的枝垂梅，而我在旅程中從未想起曾經有過要再訪神苑的誓言。四年前初識城南宮因花期已過，而其時歸期定於初秋，無望一睹盛況，暗暗祈求他日重臨再遇，未料無緣。城南宮地處偏僻，從地鐵站出來小心跟從路牌指示步行，費時二十分鐘才抵達，沿途像經過透明的迷宮，建築物間透出的天空灰白不見一寸藍，帶來一種封閉感，讓人想起被城牆包圍的德國城市訥德林根。當天還下着微雨，境內除卻神龍見首不見尾的工作人員幾近無人，神苑就更僻靜了。四月上旬，滿園光禿的梅樹夾雜幾棵不算燦爛的櫻花，而彷效平安時代和歌酒會的曲水之宴月底方才舉行，如此尷尬的時間，恐怕除了像我這種為了收集京都五社之朱印而至的，就只有祈求聖獸朱雀消除厄運的信眾。

背後傳來疑幻似真的呼喊聲，一度以為是潮濕空曠的庭園內諸植物之靈對我的作弄，原來來自一個中年女子，身旁還有一個坐在輪椅上的老婦，二人均穿着體面，輪廓相近，推測是母女關係。她把手機交給我，請求我幫忙替二人在櫻花樹下拍攝合照。完事後她真誠地道謝，臉上閃動着喜悅，滿足地離開。從她舒懷的模樣足以推斷等候的長久，是急切的期待牽動遠方的我生出突然千里迢迢前來的念頭，還是不過人世另一次的偶然，已無法探究。雨停後即遺忘彼此，只有那張照片是唯一的證明，而我不曾擁有，她們亦無從在其上發現我。

除了對未竟的重訪之遺憾，故人的重訪亦會喚起沉睡的記憶，如同我喜愛擁有黑暗童話元素的一套動畫《彩夢芭蕾》，第二十集〈被遺忘的故事〉，遺忘自己擁有把書寫變成現實能力的法基亞，因養父舊情人瑞秋新婚在即卻三心兩意，探訪舊識希望法基亞以書寫代她選擇，勾起他兒時因失敗的書寫導至家破人亡的悲慘記憶：故事只實現了前半，大烏鴉果真前來襲擊，他卻未有如同故事成為拯救眾人的英雄。法基亞最終克服恐懼，為瑞秋寫了一則故事。當螢幕上瑞秋滿足地與未婚夫一同向眾人道別並取走文稿，觀眾卻被告知法基亞的書寫並沒有成真，可是這也成為他嘗試重拾書寫對抗命運的契機。如是，失意的時候平躺着想像自己是土地，似乎會感受到昔日以遺忘之名埋葬掉的疼痛記憶，正艱難地生長出苦澀的希望。

（原刊於二零一九年五月三日網上文學平台「虛詞」專欄「青海波文香」）

銀河書森林

雖然我經常過度關注一些枝節，但大體來說在生活上是一個比較粗糙的人。比方說，面對價格相同的點心，我傾向選擇厚大乏味，而非精細味美。又比方說，小時候泡圖書館，有長久的一段時期，我就是無法記住所讀書本的作者名字，如同罹患一種不治的惡疾。基於上述個人的不堪，加上眾多珠玉在前，對於談論「逛書店」這種風雅的活動，我是虛怯的。但在下筆之初，發現在京都第一家到訪的舊書店銀林堂將於翌日（二零一九年七月十三日）結業，心中不免有點失落，又有了不得不談的理由。

銀林堂是位於白川通上的一家舊書店，它沒有文青書店惠文社那種精緻的裝潢和典雅的格調，它的氣質更接近道上的雜貨店與庶民食店。店外豎立了很多招攬客人的直幡，以對面馬路也能清楚看到的粗大字體，豪邁地宣告自己的廉宜。雖然無聲，帶來的震撼卻不遜於小吃攤販如雷震耳的叫喊。這些「無聲的震撼」以及從店內漫延到行人道上的雜亂書堆，是否違規，是我當時未曾思考過的：它們的存在是那麼的理直氣壯，好比該處原生的植物。門外的書好像一窩窩小奶貓，觀察它們何時被買走，就像等待貓兒成長自立離去般有趣，有些書好像患有不老症，永遠處於孩子的狀態，我會蹲下來偷偷地摸一下它們光禿的背脊，以示鼓勵。只是礙於手勢生疏，不曾教它們發出愉悅的打呼聲。

店員的沉穩內斂與門面的凌厲潑辣形成鮮明的對比，凌亂的書堆裏總是立着一個掛着圍裙的老人，在默默地打掃和整理。好像是由幾個不同的人輪流值班，不過由於我的粗糙，無法區分氣質相近的他們。縱使店員如何努力，店內還是瀰漫着驅散不去的霉氣。而書總是髒髒的，似乎是按一定的規則在分類，卻經常會發現在一堆過時青春雜誌旁赫然躺着一本由未知語言寫就的古老魔法書，又或是在存放世界名著的書櫃頂端以金屬架展示着一冊成人小電影女演員圖鑑。有一次我原來打算帶一對朋友到不遠處的銀閣寺參觀，沒料到二人在途經銀林堂時被其中光怪陸離的事物吸引，最後因耽擱太久以至無法在寺廟關閉前抵達。銀林堂的粗糙正是它可愛可親的地方，尤其是在京都最繁華的河原町商業區的連鎖舊書店BOOKOFF變賣東西時遭遇白眼以後，我更珍惜銀林堂不論所購書籍價格高低，一律鄭重為客人包裹的敦厚樸實。

在結業前的晚上，我才發現銀林堂原來一直設有Twitter帳號，發放營業訊息，頭像是一隻四肢纖細、黃綠色的狐狸。因着動物超凡的預知能力，狐狸早已提前上路，尋找下一座書森林，在銀河的彼端？還是杯底殘留茶葉的背面？一切在終結，一切在開始，今夜尚未定調。

（原刊於二零一九年九月十三日網上文學平台「虛詞」「字遊行」欄目，編輯擬題「京都白川通上的舊書店」）

長夏

接近十月，夏日的暑氣依舊縈繞着這城市，像個被遺下的孩子，人們竊竊私語，尋找他沒有離去的原因。此刻，他的母親乘坐的輪船開往陌生的彼岸，憧憬着即將降臨的理想生活，未有察覺正靠在她大腿上熟睡的頭顱，只是一顆椰子，真正的孩子從未跟從她的腳步。隨着季節轉換的愈見無望，關於長夏的反覆討論也變得蒼白無聊，漸漸隨蟬聲滅絕。

自從長夏降臨，我就沒再前往鄰村那可以眺望青馬大橋的山丘，並不是擔憂中暑昏倒，而是害怕重遇那隻身體泛金屬彩虹光的巨型蜘蛛。某年夏天，少不更事去闖關，它如銅鑼般懸在上山必經的路口，像向我拋出一道謎題，對或錯，放行或死亡，我沒勇氣接受挑戰，只得轉身離去。那山上的自然教育徑雖是一條老少咸宜的輕鬆路線，但夏天的時候卻是魑魅魍魎的國度，謝絕懦夫。

長夏大大延長了我的穴居時間，窩在家中翻書避暑，書中的悶熱卻又撲面而來，無處逃避。讀到石黑一雄《群山淡影》記述寡婦悅子回憶中的長崎之夏：裂縫與溝渠中的積水、蚊蟲滋長的荒地、美軍的撤離、殺童兇手、來訪的公公、謎樣的幸子母女。在空虛難排的漫長午後隨着悅子一起漫無焦點地凝視窗外景觀，發現一片山丘淺淡的稜線。沒有香港群山的巍峨峻峭，像蓬鬆麵包的圓帽，上面寫着一個大大的「法」字，帶有卡通感的童趣，是一個差點被遺忘的老朋友—京都市左京區松崎東山，又稱「法山」，與相鄰的「妙山」西山合稱「妙法山」。回憶充斥着虛幻的錯置，我當年的房間窗戶其實看不到座落在宿舍旁邊的法山，通常是沿着鴨川走路回家時，以它為標竿，看着它愈變愈大，「法」字愈來愈清晰，便知道快要到家了。

京都的分明四季使山有了爛漫、青葱、楓紅與雪妝等形態，但最令人深刻的卻是每年八月十六日晚上八時舉行的五山送火，在炎夏夜裏逐一燃起五座山上的篝火，把祈願和亡靈一起送往異界。首先是左京區淨土寺大文字山、然後是松崎妙法山、北區西賀茂船山、左大文字山，最後是右京區嵯峨曼陀羅山。那天，我吃過晚飯便跑到鴨川分岔口出町柳附近，懷着捧老朋友場的心情，靜候法山變裝。八時十分，平日敦厚老實的法山亮起了壯麗浪漫的火文字，圍觀的人興奮拍照，我倒有點像不敢與名人相認的窮酸親戚躲在一角默不作聲。下一輪篝火點起，他們又蜂湧到另一邊，我也隨人群去找尋下一個火文字。待我回頭再看，法山已經回歸漆黑，好像篝火把它也一併傳送走了。那天以後我感到法山好像不再是原來的法山，雖然它依舊人畜無害，依舊蓬鬆如麵包。

五山之中好像只有大文字山淮許攀登，五山送火過後不久，我沿着銀閣寺旁的登山步道上行，到山頂眺望遼闊的京都市貌，經過早已熄滅的火床，沒有半點暑氣，山上的氣溫比山下清涼，分不清是山上的時間滯後在上一個冬季，還是超前抵達了下一個秋季。再過一陣子山下的夏也將走到盡頭，那以後的事再與我不相干，因為我回到了只有長夏的世界。在長夏裏我除了思索如何擺脫長夏就別無他事。

（原刊於二零二一年十月二十一日網上文學平台「虛詞」「共赴青山」專題）

太陽之塔

乘大阪單軌電車至「萬博紀念公園站」，順着站外的斜坡走向寬廣之地，流瀉的豔陽滙聚成漩渦狀的光流，在沖刷疲乏雙腳的同時，亦為我傾注能量迎接將要到來的朝聖之旅。《山海經・海外北經》記載：「夸父與日逐走，入日。渴，欲得飲，飲於河渭；河渭不足，北飲大澤。未至，道渴而死。棄其杖，化為鄧林。」面對太陽，我深感卑微力弱，自問比夸父更有自知之明，未敢與之競走，只管漫行低眉不直視，內心盼望因着謙恭得到眷顧。直到感應到一股潛藏在靈魂深處的原始騷動，剎時舉目，一張太陽之臉在不遠處神色肅然地向我皺眉嘟嘴。

「人生來不是為了追逐太陽，而是成為太陽。」在更早出現的另一個相似的神奇瞬間，如同海上旋起旋滅之微小光屑般的瞬間，我得到了太陽的教誨。儘管從未忘記，卻總是知易行難，而無論多麼智慧的神諭，如果無法在物理世界實踐便只流於空洞的口號。那隱秘的實踐之道，唯有走過的人知曉，如今他們都成了各種各樣的太陽。

其中一位就是一九六七年被日本萬國博覽會協會委任為主題展覽製作人的藝術家岡本太郎，他透過鮮明狂放的風格創造象徵貫穿過去、現在和未來的萬物能量的太陽之塔。塔的外觀體現着既非西洋也非傳統的日本之美，在一九七零年大阪萬國博覽會上大放異彩，以前衛的空間體驗衝擊超過六千四百萬位參觀者，並在五年後落實作為這項戰後日本最觸目盛事的永恆象徵，被保留在活動遺址改建成的萬博紀念公園。以太陽作為方法，讓自己與當時正處於復興巨變後的日本一同躍升成光耀世界的太陽，沒有比這更直接了當的了。

在內進探索之前，我安於作為一顆被引力捕獲的渺小塵埃，繞着這棲高七十米、基底直徑二十米、左右分別伸出二十五米牛角狀手臂，以鋼骨架和鋼筋混凝土建造、小怪獸似的白色建築慢步。太陽的三張臉如走馬燈來了又去，去了又來。象徵未來的「黃金之臉」位於頂端，與位於腹部並象徵現在的「太陽之臉」朝向相同的方向，共同背負背面象徵過去的「黑太陽」。創作者岡本太郎並未對外觀的設計多作解釋，所知的只有他曾有過：「人的身體、精神的內在，任何時候都與人類的過去、現在、未來合一，不斷輪迴。」這樣的思考。或許其中精粹不可言傳，只有通過不斷迴遊方可領略一二。

太陽究竟有多少張臉？即使是對世界最好奇的童稚時期，我也未曾萌生過這樣的疑惑。大約是因為那過於耀眼的光芒妨礙了肉眼直視，以致於對太陽的印象，每每局限在對光與熱的身體感受，不似柔美的月亮，有着輕易被觀察到的月相盈虧。形容月亮不同週期臉面的名字就有：新月、眉月、上弦月、上凸月、滿月、下凸月、下弦月、殘月八個，而且每一張臉面都被賦予了各自的意義，彷彿是相互分割的獨立個體。網上有不少精品店推出為客人訂製出生那天月亮圖片的擺設，我就曾訂購過一個，望着如同標本被鑲嵌在玻璃底下的一條略為單薄的白弧，我的反應是，為甚麼是這個，而不是另一個？為甚麼？為甚麼我不曾疑惑如今的太陽並非后羿除去的另外九個中的任何一個？為何不曾思考被后羿射中的太陽在受傷痛苦時會作何種表情？那些我們失去的太陽究竟流落何方？

「我要這個！」

「不，這是我的！」

「爸爸！」

「每次都是這樣！上次在名古屋也是這樣，沒有一刻消停，別人笑你們，其實是在笑我、丟的是我的臉面，懂不懂？」

在太陽臂膀的陰影底下，一個疲乏的遊客嘗試說服一對年幼子女服從，但毫無效果，如同太陽底下任何一個無法駕馭孩子的父親，太陽底下無新事。

不久，我便發現了太陽的第四張臉。今天的訪客也如同當年一樣須經由地下展覽區域進入太陽之塔的內部，而就在重現當年大阪萬博太陽之塔前段位置的地下展覽「過去：根源的世界」氛圍的空間之中心，擺放着被神像與面具簇擁的「地底的太陽」。這個岡本太郎製作的巨型面具，在萬博閉幕後下落不明達半世紀，伴隨二零一八年太陽之塔內部重新對外開放的決定得以修復，方才再現人間。此處的布置對應的是一九七零年以浮空面具和神像推疊，名為「祈」的咒術空間。場地小冊子上還介紹了另外兩個氣勢宏偉的主題空間，分別是讓觀眾置身基因與蛋白質等支撐生命的神秘物質包圍之中的「命」的空間及表現必須與自然鬥爭才能生存的狩獵時代人類劇場之「人」的空間，遺憾無緣得見真貌。

太陽之塔的內部放置了一棵高四十一公尺的生命之樹，從底部至頂端展示三十三種共二百九十二個生物模型，呈現地球生命從原生生物時期、三葉蟲時期、魚類時期、兩棲類時期、爬蟲類時期發展至哺乳類時期的整個歷程。為配合加強耐震度的工程，塔在加固的同時也作了內部設計的調整，把當年的扶手電梯改成樓梯。這改動雖增加了參觀者的體力要求，卻也讓人可以按照自己的步伐行進，隨心駐足，欣賞每一層的細節。想自由拍攝底層以上的空間需額外補票，我沒有選擇這樣做，而是專注感受螺旋上升的過程。無法得知岡本太郎在這個表現萬博主題「人類的進步與調和」的展館中設計這種形態之爬升路徑背後的思考，但此形態的上升路徑，卻巧合地呼應多年後學者田中素子在談論二零一一年三一一大地震海嘯引發福島核災後的末日想像時所提出的一種螺旋上升的時間概念。

田中指出日本處在一個螺旋時間的世代，因着重複相似的末日事件，人們持續回到原點。面對核災帶來的黯淡前景，人們很難發現根源於自身而非他者的醜惡，並逐漸對災難的種種麻木與遺忘。田中認為當人們能在承認自己受到嚴重創傷的同時亦能對曾經發生的事負起責任，那即使處身在看似無法擺脫的螺旋，仍可通過微小的改變，在每次重複中向上爬升一點點。

回程看到車站的海報，宣告時間螺旋將在二零二五年再次把萬博帶回大阪，是次主題定為「閃耀生命光輝的未來社會」，旨在推動世界團結，齊心建構多元永續社會。與此同時又聽聞日本政府將於今年把福島核電廠的核廢水排入大海，並為應對缺電危機逐步重啟更多核電廠。再放眼全球，各處烽火未有消停之象，核戰陰霾縈繞不散。我被糾纏的思緒所牽絆，突兀地停在了閘口，不知該何去何從。然而下一刻，如亂竄蟻群的人潮再次把我捲進陳腐日常，我只得帶着上升的幻覺再次陷進那沒有終點的跑輪。

（原刊於二零二三年六月二十三日網上文學平台「虛詞」「字遊行」欄目）

一則玻利維亞沖繩移民的故事

看到平日愛睡懶覺的大城出現在早餐桌上，眾人面上流露出一絲詫異，但很快又回歸漠然。面對玻利維亞持續的不景氣，無法繼承家業的大城只得孤注一擲，前往未曾踏足的日本尋找工作機遇。

其實大城在更早的時分已經醒過來，只是在樓上聽見嫂嫂用西班牙語大聲斥責女僕安妮做事馬虎，便又在睡房中等了半小時。結果，才剛下樓坐好，嫂嫂又開始挑剔雞蛋煮太老，讓安妮把早餐撤了重做，而且不光是她自己那份，連着大城、大城哥哥，以及父親的餐點都被收走。大城很是惱火，但也只敢偷偷瞪她一眼，一句話都沒說。

比起早餐的事，更讓他不滿的是，昨天才剛接管農場的哥哥坐在父親原來的位置上，而父親竟然默許了此事。二人正在討論最近發生的沖繩移民與玻利維亞本地人間的土地業權紛爭，據說在日本政府以削減對玻利維亞的開發援助施壓後悉數解決。嫂嫂想插嘴表達甚麼，但得不到丈夫的回應，便轉為向大城抱怨安妮的不是。

嫂嫂的標準日語說得不怎麼樣，與長期作為玻利維亞沖繩社群代表與當地日本領事接觸的父親和哥哥相比更是相形見絀，而她這種沒受過師資培訓的二代移民，所以能當上聖克魯斯學費最昂貴的私立學校的日語老師，當中一部分跟大城家在當地沖繩移民中的聲望有關，不過主要原因還是招募條件吸引力不足，很難聘到來自日本本土，母語為標準日語的專業老師。

大城本身就是那所學校的畢業生，學校雖然不設任何身份限制，但同學大多和他一樣是二代沖繩移民，只有極少數是來自中產家庭的玻利維亞本地人。大城就讀時非常幸運地碰上一位來自東京的老師，因此他的標準日語掌握得相當不錯。老師人很和善，口音跟廣播一樣動聽，不過他總是心事重重，應該是在家鄉混得不太好才流落異地，沒過幾年又回日本去了。同學總是嘲笑大城，說幸好日語課都安排在下午，否則以他愛賴床，早上經常遲到的習性，恐怕連在日本快餐店點餐都做不到。

安妮吃力地推着餐車過來，上面擺着幾盤新做的炒蛋和咸肉餡卷餅，還有一大鍋蒸氣騰騰的羊肉雜燴湯。大城早已饑腸轆轆，他趕在嫂嫂點評前就自行端過餐點，不由分說地吃起來，這次換她不滿地白了他一眼。安妮則是偷偷地忍笑。這時，父親和哥哥的話題轉到他們農場僱用的本地員工身上，有些話實在刻薄，大城聽了都要皺眉，但看安妮一直神情自若，他慶幸他們說的是日語。

用過早餐，大城看了看牆上的時鐘，距離出發時間尚有四十五分鐘，行李早已收拾好，基本上沒甚麼還要準備的。也許是泛黃的牆壁和嘀嘀作響的走針勾起了懷舊的情緒，他忽然想起了隔壁的百合婆婆，心裏盤算着要不要趁這空檔去見見她。大城小時候經常上她家玩耍，不過自從上中學後，他就沒有再跟她說過話，只是偶然在上下課的路上瞥見她獨自修繕籬笆的身影，有時還會哼一些家鄉小調，雖然聽不懂在唱甚麼，但可感受到旋律中淡淡的哀愁。

婆婆是第一代移民，就像大多數的老人一樣喜歡想當年，向年幼孩子訴說遷來玻利維亞前的往事，而這也構成了大城對於那既遙遠又陌生的「故鄉」沖繩僅有的印像。婆婆說她當過兩次寡婦，二十二歲時第一任丈夫被日軍以間諜罪處決，她忍痛把剛滿月的兒子交給鄰村生活條件略寬裕的人家養育，但這家人也在半年後被迫集體自殺，孩子下落不明。然後那年夏天，日本投降，美國接管沖繩，並在當地興建基地，帶來了許多就業機會，她得到了一個為工人準備伙食的工作，也結識了她的第二任丈夫。不過縱然如此，由於薪金遠低於法定最低工資，故此生活依然捉襟見肘，她的丈夫更一度因抗議不平等待遇而被指為共產主義者遭到拘捕。幾年後韓戰爆發，美軍為應對軍事需要大幅擴充沖繩基地，強行徵收了不少沖繩居民的土地，婆婆和她的家人也因此失去家園。適逢琉球列島美國民政府推行玻利維亞聖克魯斯地區居留計劃，他們成為了首批遷移到該地的三千家庭之一，在充滿不確定的異地創造自己的未來。

婆婆的話帶着異於學校傳授的標準日語的音調，夾雜着年幼大城無法理解的詞語與概念，如同一盒不齊全的拼圖，無論如何努力都無法構築全貌。然而許多年後再回首，大城卻發現那些缺口在不知不覺間已隨年月自行完滿，就好像一場極緩慢的癒合，彷彿曾經有過某種細細碎碎的，既與他有關又與他無關的創傷，就在最幽微的內在。

然而大城在這個家的最後時光卻被嫂嫂指派留守房間監督安妮打掃。無奈的他只能坐在床上假裝在看一本書，盡量避免讓對方察覺其存在所意味的不信任。「喂，我們都別裝了吧。」大城抬頭，發現竟是安妮在用日語說話。「唉，我可以從這幾近清空的房間裏取走甚麼呢，那婆娘大可不必這樣。」安妮把手上的抹布扔到一角，靠在門上把門鎖上，點起一根從口袋取出的香煙，一臉鄙夷。大城不可置信地看向安妮，直至他終於明白了甚麼，詫異徹底從臉上消失。

在他拖着沉沉的行李走過鄰居的籬笆時，終於聽不到嫂嫂抱怨他在房中抽煙的謾罵。頭頂驕陽似火，大城感覺這是個好徵兆，甚至開始相信雖然自己身無長技，但至少說得一口流利的標準日語，應該可以在那個飄着太陽旗的國度闖出一片天。應該可以吧。

（原刊於二零二三年八月文學雜誌《無形》第六十四期「沖繩」）

在歷史黑雨的水窪前停駐——二零二三年五月廣島市內行

有時候，我們對於自己身體，疏離得如同韓江〈植物妻子〉裏的丈夫對於妻子逐漸變異成樹的身體一般，困惑於來路不明的瘀青和傷痕，卻毫無辦法。夜深人靜處，手指在無意識的漫遊中觸碰到陌生的結節，就像摸到一句點字，沉默地訴說着：「昨日之事不可追。」帶着疑問入眠，翌日急不及待細察，卻發現疤痕在光源下呈現的模樣與想像中大不相同，好像來自另一國度的陌生符號。我喜歡觀察傷口癒合後留下的痕跡，亦喜歡到訪曾經受傷的地方，細看那層層時空疊合而成的城市面貌。

我一直以為廣島是個陰雨迷濛的灰暗之地，但在親身踏足這片土地後，卻有另一番體會。陽光流瀉的明淨街道、謙恭有禮的行人、時尚而不落俗套的商店、連帶着吸進去的空氣都是明亮的，把我內在潛藏的暗影也點亮了。我尤其喜歡在不疾不徐的路面電車上，坐在與行車方向平行的椅子上看對面窗戶外的風景，隨着電車每下拐彎翻開新頁，如同走進一本體驗式的活繪本。如果不是那無處不在、欲蓋彌彰的「平和」字眼（即「和平」），以及隱身於城市細微縫隙間的歷史殘影，（例如美術館中的藝術家介紹標注被爆時的年歲、散落四處的慰靈碑與知名災害遺址等），你無法想像這地方在七十八年前曾遭受人類史上前所未見之滅絕災難，遺留的創痛經久不消。

我來得不合時宜，卻也正合時宜。匯集七國首腦討論並協調國際間重大經濟和政治問題的G7峰會碰巧在我離開之後緊接於廣島舉行，我避過了伴隨會議而來的安保限制，順利參觀各景點，卻無緣體驗處於特殊狀態下的廣島。數天後在別地酒店的電視上看到訪問一名廣島少年對於因應G7峰會封閉景點、提高市內安保規格等措施的感想，少年一臉不情願地回答：「好像變得不像廣島了。」究竟怎樣的廣島才「像廣島」？就如同叩問怎樣的香港才「像香港」一樣，永無定調。聽着他的回答，腦海浮現的卻是同屬歷史後來者的我們共同錯過的廣島：原爆紀念資料館展廳入口牆壁上展示的原爆前廣島市市容，以及一張在原爆中全員犧牲的女子學校師生的合照，黑白世界的恬淡情調，純真赤子的燦爛笑容，然後是一九四五年八月六日，日本時間早上八時十五分，在命運的分歧點，抽出了塔羅牌大秘儀的第十六張牌：「高塔」。

我不知道這是一種恆常的活動，還是G7峰會臨近引發的人心浮動。一群聲勢浩大、支持日本擁有核武的團伙，拉着橫額，豎着旗幟，明目張膽地在廣島和平紀念資料館對面的行人道上以擴音器叫囂各種張狂的主張，更把握交通燈轉紅燈的時機，激動地對無法脫身逃逸的司機喊話：「車內的各位，你們想要取消消費稅嗎？你們想要更好的日本嗎？應對當前的國際形勢，唯有擁有核武，才是出路……」馬路上一片寂靜，沒有人回應，待燈轉綠，車輛再次流動如水，對面馬路資料館的保安員則把手放在背後，一臉淡然地望向前方，連看熱鬧的興致都欠奉，好像習以為常的樣子。恐怕只有我這種異鄉閒人才會對此等風景感到好奇，還特意坐到路邊的長椅上專心聽上好一會兒他們輪流發表的偉論。

一位身形健碩的大漢聲如洪鐘，表示自己十年前也參觀過對面的和平紀念資料館，但是這麼多年過去了，一直秉持過去的處事方法也不見得會有任何改變，世界反而愈來愈差。他激動地斥責二零一六年到訪廣島的美國前總統奧巴馬偽善：「表達同情有甚麼用？『和平』、『和平』，整天把『和平』掛在嘴邊世界就真能和平嗎？」就在此時，一個中年婦人跑到我跟前，大約見難得有略為年輕的人這麼專注聆聽他們的演說，想要抓緊機會爭取支持。她問我是從哪裏來的，在聽見我的回答後，有些意外但立即報以一個意味深長的微笑，道：「久聞其名呢。」萬般思緒迅速湧現又消退。「現在這裏表達的，都是日本人真實的聲音。」她補充說。見此種種，遙想一九八二年三月二十一日，在距離此處不遠的和平紀念公園曾有過二十萬人參與名為「為了和平的廣島行動」之反對核武集會，恍如隔世。

儘管和平紀念資料館外明媚如是，但歷史的黑雨卻在館內淅瀝淅瀝下個不停。一眾犧牲者的遺物靜默地躺在展箱中，維持着七十八年前的姿態，訴說着單純一個傷亡數字無法表達的，每個個體的故事，以及苦難的各種形態。一封年輕女工寫給家人的書信，寄託了對未來的熱熾期盼，然而旁邊並置着一個再也無法尋得失主的殘破布錢袋，宣告了承諾之不可能兑現；一件件母親親手縫製的衣服，困住了太多驚恐不安的靈魂，顯得極盡憔悴委頓，而那曾經被細心包裹着的小小軀體，永遠下落不明；一塊從被爆者身上取下的腫瘤組織、一截長有正常人體不應有的血管的變異黑手指甲，無論用任何方法移除仍然反覆生長，說明倖存者除了要面對分崩離析的家園，還必須背負着不再熟悉的身體，承受那可怖的、未知的漫長折磨，至死方休。

一些人活過了原爆的高熱和輻射，卻活不過災後的蕭條與看不見盡頭的絕望。一位罹患原爆症的男人，在喪失原來的工作能力後生無可戀，本想用僅存的錢財換來魚和米糧，用過後掐死子女再自殺，最終一刻轉念決定堅持一下，積極尋求治療之法。後來終於等到了一個入院的名額，家人為他東拼西湊向鄰里借錢購置了新睡衣，希望能有一個體面的新開始，然而醫院只是把他以及其他病人擱在那兒，並未施予任何治療，因為根本沒有人知道應如何處理這種前所未見的病症。男人也在希望之火熄滅後走向毀滅。

如同住友銀行廣島分店門前石階上依舊清晰可辨的死者人影一般，無法磨滅的創傷至今仍深深刻印在已屆垂暮之年的被爆者心中。即使過了這麼多年，他們以繪畫方式重現的兒時災難記憶依然鮮活如昨，筆觸稚拙絲毫不似出自成年人之手，倒像是來自內在深處從未被治癒的負傷小孩發出之無助吶喊。解離的皮膚鬆垮地掛在骨肉上的傷者不知所措地驚惶遊盪，赤紅如血的天空下，死者的遺體堆滿河道、街道與電車軌道，儼如人間煉獄。最讓我顫慄的一幅，畫着一個仰首向上的小人兒，為了滋潤乾涸的喉嚨拼命承接從天而降的黑雨，可憐他並不知道那雨帶有強烈的輻射，將會摧毀本已虛弱的生命，估計即使知道，無法抑制的身體需求只會驅使他不得不飲鴆止渴，沒有別的選擇。我實在不明白，為何殷鑒不遠，如今卻仍有人主動選擇要以核武這劑兇猛的毒藥來消除焦慮與恐懼，妄想換得虛幻的安全感，沒有比這種明知故犯更可悲而愚蠢的事了。

走出陰鬱的本館，落地玻璃窗帶進午後太陽之溫度，寒意盡散。雖然我未有免俗購入了刻有日期與名字的參觀紀念幣，以及一些帶有和平紙鶴圖案的伴手禮，但不會天真的認為這樣對於世界和平能有多大的貢獻。未經歷過真正的地獄的我說到底無法體會和平的真正意義，人生最初聽到「世界和平」這詞組，大約是小時候看電視上的選美參賽者經常報稱的夢想，就好像「萬事如意」、「恭喜發財」、「龍馬精神」一般的節日祝福語，說的和聽的都知道不過是圖個好彩頭說說罷了，不會深究如何或是否會成真，可幸是世界上仍存在着願為此不可能任務窮一生奮鬥的有心人。資料館的東館一樓企劃展示室正在舉辦令和四年度第二回企劃展—「廣島戰災兒育成所—孩子們與山下義信」，展出了不少廣島戰災兒育成所營運期間的珍貴資料，並介紹了創辦人山下義信的一生。

山下義信出生於廣島吳市一個經營吳服店的富裕家庭，順理成章繼承家業，後來受到一九二九年大蕭條影響無以為繼，四十歲後成為僧侶，二戰時加入陸軍，廣島遭受原爆之時正在長崎縣五島列島中的福江島服役並於當地迎來了戰爭的終結。山下自此反省自身，決心獻身救濟所有戰爭的犧牲者。他在同年九月返回廣島，到訪收容原爆孤兒的比治山國民學校，目睹了孩子資源困乏的生活慘況後，與佐伯郡五日市町知事交涉並獲對方答應借出建築與土地，於十二月自資建立了廣島戰災兒育成所。

育成所初期接收了大約六十名三歲至十六歲的孤兒，包括原先比治山國民學校收容的約三十人，加上學童疏開地無處可歸的孩子。（戰爭後期為躲避美軍對日本本土的空襲，會把兒童集中起來疏散到鄉間，此行動被稱為「疏開」。）除了為兒童提供膳食和教育，並設法營造家庭的氛圍外，所內更設有童心寺，除每朝的恆常參拜活動外，亦會在每月六日為原爆喪生的親人舉行追悼會。育成所的理念成功吸引到來自國內外的物資與捐款支援，所內兒童更成為美國評論家諾曼・考辛斯（Norman Cousins）提倡的廣島原爆孤兒支援運動（為美國家庭與原爆孤兒牽線，前者作為後者的「精神父母」，為「精神養子」提供精神與金錢方面的支援，定期寄贈書信、食物、書本等物品。）的首批受惠者，至一九五三年育成所交由廣島市政府接管為止，受助兒童合共約有一百七十名。山下晚年繼續扶持和鼓勵成長後的受助兒童，並致力於整理育成所的記錄資料，讓後世知曉這段戰災兒童與他們的守護者的真實故事。

為了實現救濟所有戰爭犧牲者的抱負，山下在照顧戰災兒童的同時也投身政界，並於一九四七年四月戰後首次參議院選舉中當選，在往後的十二年間，以厚生委員會成員，乃至委員長的身份，為戰後日本社會福利制度的創建持續努力。山下於一九五六年八月發表私人草案，指出原爆症既然是國家發動戰爭帶來的犧牲，國家對此必須負上責任，提倡應由國費承擔原爆症的長期醫療費用，成為一年後定立的原爆醫療法的基石。

走出資料館，繼續圍繞當年的原爆中心漫遊，每走幾步就可發現附上原爆紀念捐贈標記的植物，和平紀念公園一帶昔日的頹垣敗瓦已被盎然綠意所取代，只剩下為向世人展示原爆破壞力而刻意保留的原爆圓頂屋。（前身為廣島縣工業振興館，是當年此範圍唯一在受災後仍屹立不倒的建築。）曾經有人評估廣島市在原爆後七十年內都不適宜人類居住，然而在當地市民及各界人士的齊心努力下，此地迅速於災後一年多便完成了基本的城市建設。可以說，今日所見的廣島市城市景觀就是從那時起重新建造的，包括幾天後到訪的廣島城。

有人說不喜歡廣島城這種以混凝土重建的複製品，認為不及其他保存完整的日本城堡值得參觀，但我卻認為它正好對應了廣島劫後重生的狀態，每個地方，乃至一草一木都有各自的命運，凡是經驗過的無不帶有各自的莊嚴。在廣島城護城河旁距離被爆中心七百四十米處發現一棵被標示為「被爆樹木」的尤加利樹，是受災後唯一殘存的尤加利樹。這些當年散落在原爆中心附近而未有枯死的樹約有一百七十棵，象徵着災後復興與新希望。雖然只短暫地逗留了數天，但我已確定這是個會讓我一再重臨的城市，祝願廣島，以及地球上所有同樣負傷的城市，能夠跨過一個個歷史黑雨的水窪從容前行。

（原刊於二零二三年九月二十九日網上文學平台「虛詞」「字遊行」欄目）

作者：陳韻紅
出版人：卓煒琳
編輯：子程
美術設計：李偉洋
出版：好年華生活百貨有限公司
地址：香港葵涌和宜合道151-157號勝利工業大廈5樓A座14室
查詢：gytradinggroup@gmail.com
發行：一代匯集
地址：香港旺角龍駒企業大廈10樓B&D室
查詢：27838102
國際書號：978-988-70842-2-8
出版日期：二零二五年一月初版
定價：港元九十八

Good Year Publisher

Printed in Hong Kong

Good Year 出版

本身有寫書的腦細希望為香港出版界帶來新的經營模式，鼓勵作者自由創作，同時確保他們能獲取應得的收入；並堅持僱用香港員工、在香港印刷，誓要成為真正的香港出版社。

goodyear_publisher

Good Year 出版

Good Year 出版網店